诺贝尔文学奖得主
奥尔加·托卡尔丘克 作品

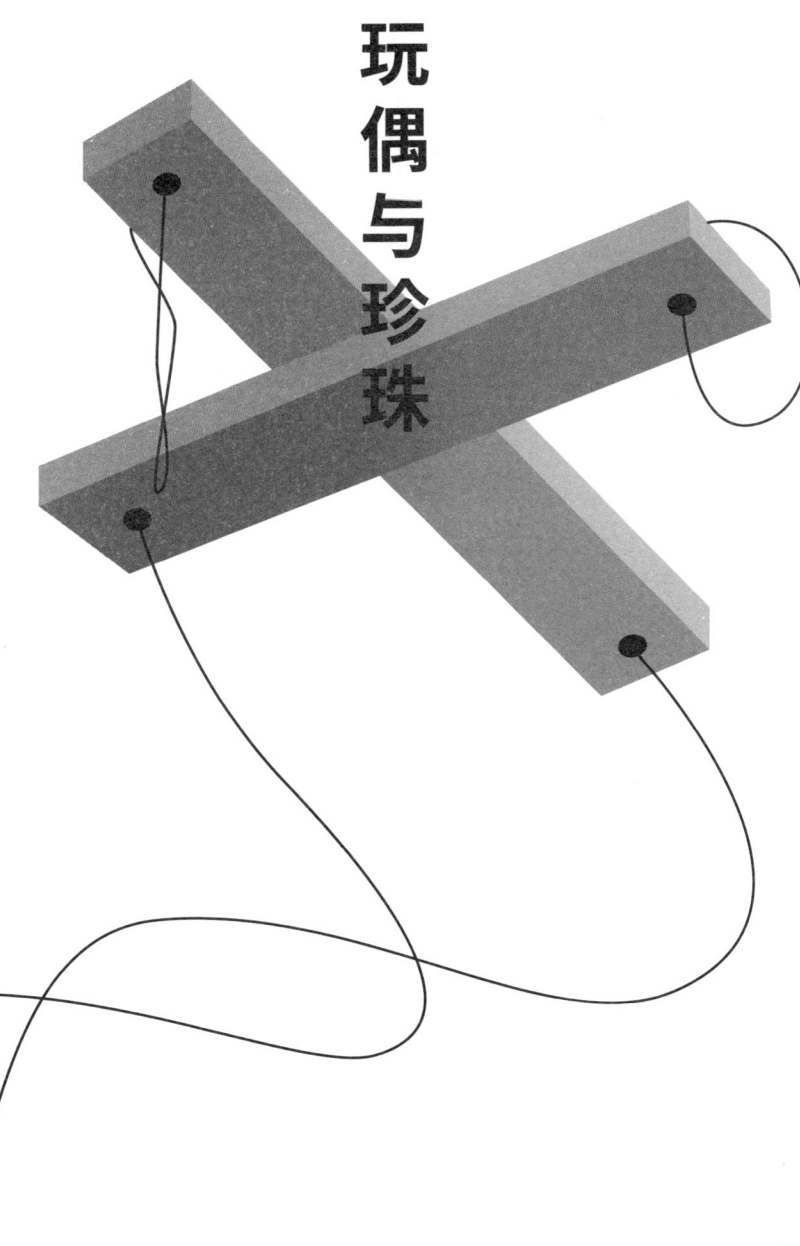

Olga Tokarczuk

LALKA

LALKA I PERŁA

玩偶与珍珠

[波兰]
奥尔加·托卡尔丘克

张振辉 译 著

浙江文艺出版社

目录

译者前言 | 001

作者前言 | 017

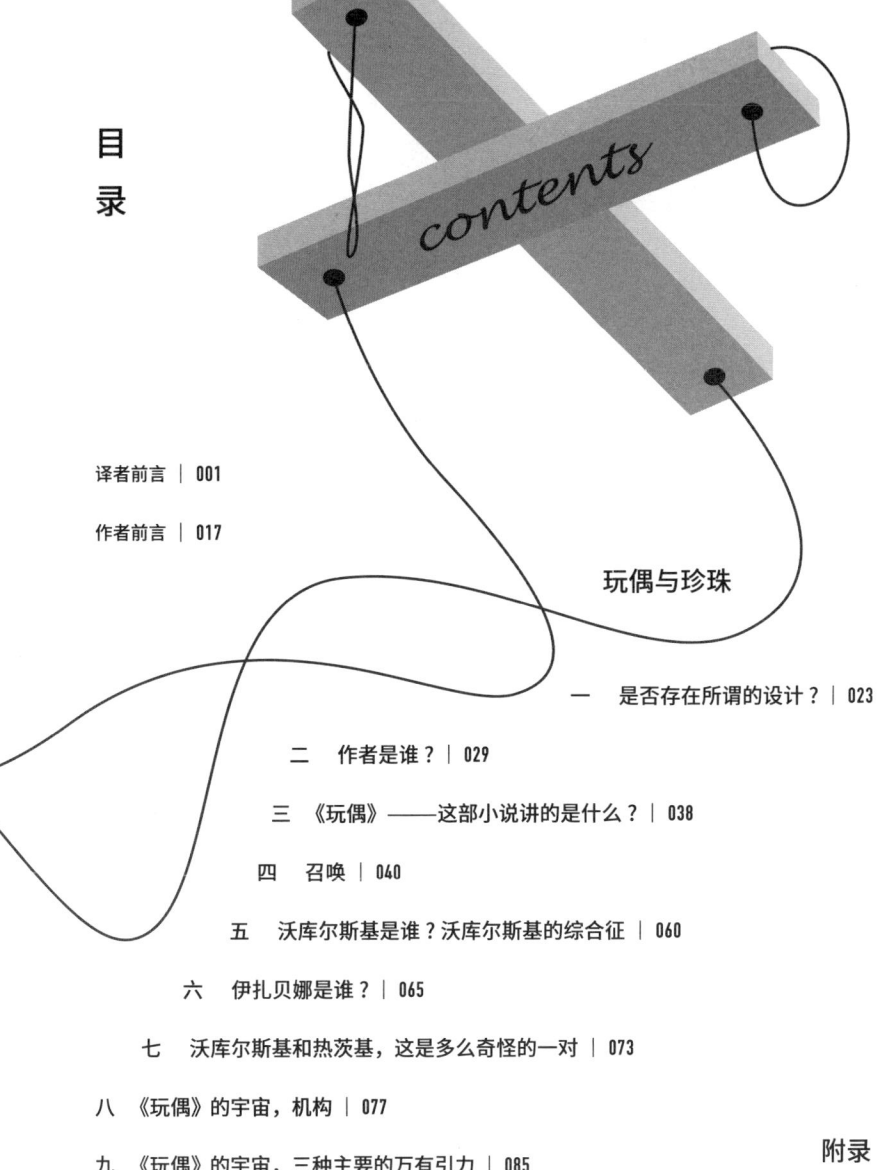

玩偶与珍珠

一　是否存在所谓的设计？| 023

二　作者是谁？| 029

三　《玩偶》——这部小说讲的是什么？| 038

四　召唤 | 040

五　沃库尔斯基是谁？沃库尔斯基的综合征 | 060

六　伊扎贝娜是谁？| 065

七　沃库尔斯基和热茨基，这是多么奇怪的一对 | 073

八　《玩偶》的宇宙，机构 | 077

九　《玩偶》的宇宙，三种主要的万有引力 | 085

十　《玩偶》的大宇宙，世界的多样性 | 101

十一　《玩偶》的宇宙，没有女性的因素 | 106

十二　盖斯特那里发生了什么？| 111

十三　珍珠，沃库尔斯基想做什么？| 119

附录

珍珠颂 | 133

诺贝尔文学奖授奖辞 | 139

温柔的讲述者 | 143
在瑞典学院的
诺贝尔文学奖受奖演讲

译者前言

波兰著名作家,2018年诺贝尔文学奖获得者奥尔加·托卡尔丘克的这本《玩偶与珍珠》是一部论述波兰十九世纪著名的批判现实主义作家波列斯瓦夫·普鲁斯(1847—1912)的长篇小说《玩偶》的学术著作,这部小说发表于1887—1889年间,是普鲁斯文学创作的代表作,也是波兰批判现实主义文学的代表作,是波兰文学史上最重要的经典之一,它已由我译成中文,于2005年在上海译文出版社出版。作为一部现实主义文学的经典,它的主题内涵当然离不开它所产生的那个时代。为了帮助读者理解奥尔加·托卡尔丘克这部论述《玩偶》的著作,我在这里愿就这部经典产生的时代背景和它塑造的一系列具有典型意义的人物做一个初步的分析和介绍。

波兰早在1795年就曾被沙俄、普鲁士和奥地利三国瓜分和占领,这种被占领的状态延续了一个多世纪。作家波列斯瓦夫·普鲁斯出生于当时被沙皇俄国占领的波兰王国卢布林省赫鲁别索夫县一个小贵族的家庭,他的父母早逝,他是由他家的亲戚抚养长大的。普鲁斯年少时曾就读于卢布林的一所实科中学,后来他来到了凯尔采,曾经得到他的哥哥列昂,一个革命者的照顾。在他生活和创作的那个时代,残酷的民族压迫曾经迫使波兰人多次举行反抗,而1863年1月在当时被沙俄占领的波兰王国的首都华沙爆发的波兰抗俄民族起义,无论规模还是影响上都是最大的一次。普鲁斯当时在哥哥列昂的革命思想影响下,参加过一月起义。这次起义遭到了失败,有无数起义的参加者和波兰的爱国者被沙俄占领者当局关进监狱和流放到西伯利亚。普鲁斯也曾被关进卢布林的一所监狱里。但他后来获释,并在卢布林读完了中学。然后他又来到了华沙,曾就读于当时华沙的中央大学物理系,但只读了两年就辍学了。后来他在这里还当过工人、照相师,在统计局里当过职员等。这个时候,沙俄占领者在波兰王国又进一步地加深了对波兰的民族压迫：由沙皇亲自任命的俄国的反动官僚在这里担任总督兼华沙军区司令，掌握波兰王国的军政大权。在整个王国布满沙俄军警和特务，以防止波兰人的反抗和以各种形式出现的爱国活动，把那些他们认为的可疑分子都送交军事法庭严加审讯，同时建立严厉的书刊检查制度，以消除波兰人的爱国言论。在行政划分上，沙俄当局也力图将波兰王国并入沙俄帝国的版图，称它为俄国的"维斯瓦边区"。在这种情况下，他们把波兰王国和沙俄帝国也当成了一个统一的经济发展的实体。

早在十九世纪五十年代初，沙俄当局就取消了两国之间的关税壁垒。为了这个统一体的经济发展，他们又于1864年在波兰王国废除了封建农奴制。波兰王国的农奴获得解放后，给城市提供了大量廉价的劳动力，使得这里的资本主义经济迅速发展，但这一时期，旧的封建贵族依然占有很高的社会地位。由于历史遗留的封建等级制度，下层劳动人民在民族和阶级的双重压迫下，处于极端贫困和苦难的境地，而这又阻碍了波兰社会的发展，因此，华沙一些青年知识分子在一些进步的刊物上开始宣扬社会改革的思想，提出了实证主义的政治纲领，其中包括有机劳动和基层工作。前者要求在王国多办工厂，多开商店，发展科学技术、工业生产和贸易;后者要在农村开办学校,建立医院和防疫站,以提高农民的文化水平,改善他们居室的卫生条件和健康状况。实证主义者倡导男女平等、社会各阶层平等,他们在促进波兰王国资本主义的发展、建立民主制度和在农村普及文化教育方面,起过一定的进步作用,但是他们并不触及波兰民族独立和解放这一重大的问题,对沙俄占领者采取了妥协投降的态度。实际上,当时整个封建贵族和新兴资产阶级的态度都是这样。虽然在那个年代,波兰王国的无产阶级革命运动已经兴起,但是影响不大,波兰民族解放运动处于低潮。

这时早已居住在华沙的波列斯瓦夫·普鲁斯也和华沙一些影响较大的报刊取得了联系,他很关心下层劳动人民的生活状况和波兰社会的繁荣和发展,在这些刊物上写过许多宣传实证主义纲领的政论文章。他的小说《玩偶》通过一个破落贵族的子弟斯坦尼斯瓦夫·沃库尔斯基曲折的社会经历,在广阔的背景上,很真实地再现了那个时代波兰王国,特别是华沙的社会面貌,是一部史诗式的作品。主人公年少时当过饭店里的堂倌。他和他的父亲都不乐意身处这种被人看不起的低贱地位。他父亲要用钱去打官司,以为只要打赢了官司,就能收回祖上失去的产业,恢复过去贵族的地位。但沃库尔斯基并不赞成父亲这样的做法,他只知道把家里的钱拿去买书,发奋自学。后来他考上了大学,又在一位革命者列昂（像是小说作者波列斯瓦夫·普鲁斯的哥哥的化身）和年长于他的朋友,波兰十九世纪民族解放运动的老兵伊格纳齐·热茨基的引导下,参加过1863年的一月起义,起义失败后曾被流放西伯利亚。他在西伯利亚艰苦的岁月中从事科学研究,并且取得了很大的成就。可是他于1870年回到华沙后,饱受饥饿的煎熬,最后不得不和一个比他大许多且新寡的明采尔杂货店的老板娘结了婚。过了三年,他的妻子死了,沃库尔斯基继承了明采尔家两代人经营的这个杂货店。一次偶然的机会,他在戏院里看歌剧表演,见到了一位出身名门的漂亮的贵族小姐伊扎贝娜·文茨卡,便爱上了她。他知道,在当时的社会条件下,要赢得这样一位地位很高的贵族小姐的爱情,"就必须：不做商人,要做就得做一个富商。至少出身贵族,和贵族阶层的人有关系。首先是要有很多钱。"①于是他马上给自己弄到了一个贵族出身的证明文件,并于1877年去保加利亚参加了那里爆发的俄土战

---

① 见《玩偶》,［波］普鲁斯著,张振辉译,上海译文出版社,2005年,第93页。——若无特殊说明,本书注释均为译者注

争,搞军需供应,很快就挣得了几十万卢布的巨款,发了战争财。回到华沙后,他又新开了一个规模较大的服饰用品商店,从此他便极力和这位贵族小姐及其亲属、朋友拉拢关系,处处为他们效劳。后来他还联合一些贵族,开了一家规模很大的对俄贸易公司,成了华沙商界的头面人物。但他最后发现伊扎贝娜是个庸俗、堕落的女子,感到自己受了骗,终于在绝望中自杀。

普鲁斯在小说中,是把他的主人公作为一个十九世纪下半叶波兰新兴资产阶级代表人物来描写的。在沃库尔斯基的身上,表现出了这方面的许多突出的特点:他很善于洞察资本主义市场行情的变化,能够抓住时机,迎难而上,大胆进取,获得成功。在资本主义商业经营上,他所表现出来的才能和魄力都远远超过了那些旧的贵族。同时他也十分关心波兰的社会福利,常为穷苦人排忧解难,他为几十个人安排了工作,为几百个人创造了就业的机会。在沃库尔斯基最后看出了伊扎贝娜的本来面貌而失恋后,有一次,他想要在一个小站上卧轨自杀,这里的一个巡道工还救了他,因为他几年前给这个工人在这里找到了工作。沃库尔斯基极力救助那些穷苦人是出于对他们的同情,因为他自己年少时也有过同样的经历。此外沃库尔斯基作为一个富商，做买卖也很讲诚信，这种诚信和关心消费者利益的经营方式，也使他在资本主义市场的竞争中永远立于不败之地。

但是，沃库尔斯基和贵族小姐伊扎贝娜交往后，他的思想上也有过矛盾。一方面，他依然关心华沙的社会公益事业，救济和帮助那些穷苦的人，但另一方面，他又把他自己的主要精力和钱财用于取悦和拉拢伊扎贝娜和华沙一些贵族的代表人物。沃库尔斯基后来也曾看到伊扎贝娜虽然表面上并不拒绝和他交往，但背地里却和别的男人勾搭，甚至对他进行无耻的攻击和恶毒的咒骂。在这种情况下，他对她的爱慕也有过动摇，但他每次都要反过来自责，又恢复了对她的爱恋。普鲁斯在塑造他的这个主人公的形象时，常采取心理描写的手法，通过他的内心斗争充分展示他那坚强而又带执拗的个性，同时也不掩饰他性格中软弱的一面，通过展示沃库尔斯基微妙的心理活动，把他由于情场挫折而发生的心理变化表现得淋漓尽致，在他的事业心同爱情的每次较量中，都是事业心败北。

在普鲁斯笔下，他的主人公虽是个新兴资产阶级的代表人物，但他无论在哪方面都是一个近乎完美的资产者的形象。他年轻时曾为波兰民族的解放而战斗，受过长期流放的痛苦；在一月起义后的新的社会环境中,他以自己的才能和勇敢进取的精神,为波兰民族工商业的发展和改善下层劳动人民的生活状况做出了很大的贡献。他品德高尚,对爱情忠贞不贰,他的朋友伊格纳齐·热茨基曾竭力促成他和淳朴善良的斯塔夫斯卡太太的婚姻。他自己对斯塔夫斯卡也有好感,并且帮她克服了生活上的困难,但他始终没有答应热茨基的要求,即使他失恋之后,也没有和斯塔夫斯卡结婚。另外,他虽然是个资产者,但他丝毫也不看重自己的钱财,他将他的钱财一部分用于赢得贵族小姐的芳心,另一部分献给了波兰社会的公益事业。在他失恋之后、决意自杀之前,还把全部钱财献给了那些在他看来对波兰社会的进步有益的人。像这样的资产者的形象不仅在波兰以往的,以及与《玩偶》同一时期的文学作品中从未有过,就是在西方文学,特别是西方十九世纪批判现实主义的文学中也未曾有过。普鲁斯根据波兰当时和资本主义高度发展的西方国家不同的社会情况,成功地塑造了他的理想人物。这种理想人物所达到的道德水平在我们的社会中,或者在今天的世界上,依然少见,因此他不仅在当时是一个文学上的创新,而且在今天也有很大的现实意义。所以这本《玩偶与珍珠》的作者也很正确地指出:"在小说中,他很有声望,言行稳重,先后一致,是一个很有用的人。他知道他要干什么,他有文化、有知识,他对什么都很敏感,干什么都适合。他也是一个社会的人,时刻准备出发和上路。是的,沃库尔斯基是一个很复杂的人。"

小说中沃库尔斯基的服饰用品商店的老掌柜伊格纳齐·热茨基也是一个很重要的人物。他出身于一个具有爱国传统的家庭,他父亲参加过波兰爱国将领扬·亨利克·东布罗夫斯基1797年在意大利组建的"波兰志愿军团",为恢复波兰国家的独立而战。他父亲还是个拿破仑的崇拜者,认为拿破仑会给波兰带来民族独立,会在全世界伸张正义。热茨基受父亲的影响,也对拿破仑十分崇拜,为了实现"自由、平等、博爱"的理想,他参加过1848年匈牙利革命,后曾长期流亡国外,回到波兰后,他又引导比他年轻的沃库尔斯基参加了一月起义。在一月起义后的新的社会环境中,他受实证主义思想的影响,主张发展波兰民族工商业。热茨基心地善良,乐于助人,他很赞赏沃库尔斯基对穷人的救助,他自己也很关心穷人的疾苦,他曾经说,像沃库尔斯基"这样的人在世界上可真是独一无二,怎么不叫人喜爱呢!"[①] 他在

[①] 见《玩偶》,[波]普鲁斯著,张振辉译,上海译文出版社,2005年,第637页。

生活上对沃库尔斯基也很关心。当他知道他自己的这个朋友爱上了伊扎贝娜后,他理所当然地极力反对,而且他还极力想让沃库尔斯基和他心目中最好的女人斯塔夫斯卡结婚。其实他自己早已爱上了斯塔夫斯卡,但他宁愿牺牲自己的爱,也一定要将沃库尔斯基和斯塔夫斯卡撮合在一起,认为只有这样,他的斯塔赫①才能得到真正的幸福。这是多么伟大和无私的爱。

小说中的议长夫人扎斯瓦夫斯卡也是一个作者心目中的理想人物,她在扎斯瓦维克村建立了一个在普鲁斯看来也是符合实证主义、人人都有美好生活的要求的理想国度,作品中的一个被认为是理想主义者的重要人物奥霍茨基来到这里后,曾经非常激动地说:"议长夫人是个多么了不起的女人呀!""您看见那些很大的房子吗?那都是长工们住的房子。那边还有一栋是他们子女的保育院,那里有三十来个孩子在玩耍,穿得整齐又干净,像贵公子一样。那边还有一幢别墅是养老院,现在有四个老人住在那里,他们在给客房里的床垫清洁马鬃,从中寻找他们在这里度假的乐趣。我到

---

① 即沃库尔斯基。——编辑注

过这个国家各种各样的地方,看见长工们都像猪一样住在圈里,他们的孩子也和小猪一样在泥潭里嬉戏。可是当我第一次来到这里之后,我擦亮眼睛一看,便以为自己到了一个乌托邦岛上,或者在看一本虽然枯燥无味但却是讲道德的小说。作者在小说中描写贵族到底应该是个什么样子,但他们又从来不是这个样子。这位老妇人令我十分敬佩……您要是能够了解一下,她有一个什么样的图书馆,看看她读一些什么书就好了……有一次,她要我给她解释一下进化论的一些观点,我简直给弄糊涂了,她讨厌这种理论,因为它认定生存竞争是基本的自然法则。"[1]这就是说,她认为人与人之间要有平等和博爱,不要有生存竞争,以强凌弱。沃库尔斯基也说她是"一个奇怪的女人……不但善于在动物心里激起对她的爱,而且也善于唤起人们的爱心"。[2]

这里提到的"一本虽然枯燥无味但却是讲道德的小说"是波兰启蒙运动时期著名诗人和作家伊格纳齐·克拉西茨基(1735—1801)的长篇小说《帕德斯托里先生》。小说描写了一个作者认为最为理想的贵族庄园的经济,其中过多的道

---

[1] 见《玩偶》,[波]普鲁斯著,张振辉译,上海译文出版社,2005年,第533页。
[2] 见《玩偶》,[波]普鲁斯著,张振辉译,上海译文出版社,2005年,第538页。

德说教虽然使读者感到枯燥无味,但这是波兰文学史上展示这种自由、平等、博爱的贵族乌托邦的第一个例子。比波列斯瓦夫·普鲁斯稍晚的波兰二十世纪著名作家斯泰凡·热罗姆斯基(1864—1925)在他的长篇小说《罪恶史》中,也描写了一个思想激进的贵族博增塔,他把自己的庄园和财产全部献给了贫苦农民,甚至组织他们在这里从事集体化和机械化的劳动;在他的领导下,土地归集体所有,农民不再受剥削,得以享有自己的劳动成果。他们还建了许多工厂、美丽的住宅、公园,开设了许多图书馆、游艺室、医院、疗养所和学校等,他们具有各种科学知识,因此劳动生产率很高,生活十分幸福美好。小说女主人公爱娃本是一个出身社会下层,秉性善良的姑娘,可是被流氓和骗子欺骗和利用,坠入了犯罪的深渊。后来她在博增塔的庄园里得到改造,不仅成了一个自食其力的劳动者,也培养出了大公无私的高尚品德。这好像比普鲁斯描写的这个扎斯瓦夫斯卡又进了一步。但不管怎样,这都表现了这些作家的社会理想。

但是在波兰当时的社会现实中,旧的封建贵族却完全不是这个样子,在普鲁斯看来,这些人都是过去的封建余孽。他们的地位很高,但他们在生活上骄奢淫逸,挥霍浪费,而又不事劳动,还极端蔑视其他阶级的人们。他们那腐朽堕落的生活方式也对人们的风俗习惯造成了很坏的影响,毒化了波兰的社会生活。例如伊扎贝娜的父亲托马斯,这个出身于名门世家的大贵族,他的祖上出过大批元老院的元老,他的父辈有过几百万的家财。1864年在波兰王国废除了封建农奴制,农奴解放后,因为他的庄园里再也没有农奴来无偿地替他耕地和种庄稼,而他自己又不会经营土地,加上长期养成的奢侈浪费的生活习惯,坐吃山空,很快就破产了。此时,他在经济上已经窘迫得甚至不得不向家里的仆人借钱来维持巨额生活开支。而沃库尔斯基也正好在这个时候,为了赢得他的女儿伊扎贝娜对他的爱,要讨好他,托马斯便利用这个机会,把自己的一点少得可怜的本金放在沃库尔斯基那里生息,对这个富商肆无忌惮地敲诈勒索。这个贵族虽然生活上和经济来源都要依靠沃库尔斯基,但他又瞧不起他眼中的这个商人。他要他的女儿伊扎贝娜常请沃库尔斯基吃饭,尽心款待他,只是想从他那里得到更多的好处,因为他深信自己的女儿不会嫁给这个商人,可他自己最后却因为女儿玩弄手腕和卖弄风骚不成功,在失望之余自杀了。普鲁斯对他那无耻而又可怜的面孔做了入木三分的刻画,而他那最后的结局,更突出地表现了作者对这个人的厌恶之情。伊扎贝娜小姐是小说的主要人物之一,普鲁斯在她的身上虽然费了不少的笔墨,但她的性格特点并不复杂:娇生惯养,高傲自私,玩弄男性。她对许多男人都卖弄风骚,但她从未爱过任何一个人。她瞧不起沃库尔斯基,当然也不爱他。她对他一再欺骗,无非想要利用他为她的父亲效劳。因此本书的作者也曾明确地指出:"我们看伊扎贝娜,一方面觉得她很引人注目,也不愚蠢,但她是一个爱虚荣的贵族,一个势利小人。"作者还说:"这样的片段我读过很多次,单方面的恋爱史会产生悲剧的情调,我对这有一种束手无策的感觉。""在《玩偶》中,这个男人把自己的幽灵附在这个女人的身上,被毁灭了。"

小说,特别是它的结尾反映了浓郁的悲观情绪。首先是沃库尔斯基在巴黎见到的那个自称是"伟大的化学家"的盖斯特教授,认为他要创造比空气还轻的金属的科学实验"能够改善世界的面貌",但这是完全违反自然规律的,它注定要失败,因此小说中的那个舒曼医生对热茨基说他"完全疯了,全科学院的人都在笑话他痴心妄想"。沃库尔斯基甚至得出了一个结论,认为在这个社会中,"看来所有的东西都是骗人的!盖斯特的所谓发明和他的智慧,还有我的疯狂的爱,甚至连她也是骗人的。她不过是我那绝望意识中的一种幻觉……恐怕只有死才是最现实的,它不会使人误入歧途,它不会骗人。"①

沃库尔斯基死了,舒曼说:"是封建主义的残余葬送了他……他的死,大地为之震动……一个有趣的典型。"②"最后一个浪漫主义者",也就是波兰最后一个革命者热茨基死了。那个贵族中最开明和慈善,想要创造理想王国的议长夫人也死了。理想主义者奥霍茨基认为波兰"就连科学研究的气氛都没有。这是个暴发户的城市,他们视真正的研究家为粗野的人和疯子"③,也要到国外去。在普鲁斯看来,当时波兰王国的社会,"一切都在走向堕落、腐化和蜕变。一些人死于贫困,另一些人死于寻欢作乐、荒淫无耻。为了喂饱那些无能之辈,大家废寝忘食地干活,怜悯养育了一批厚颜无耻的懒虫。而那些连最简单的家具什物都不拥有的穷人,身边只有永远饥饿的孩子,他们最大的利益就是早死。"④像上面所说的这些优秀的人物离去之后,波兰似乎陷入了一片黑暗,不仅再也没有人关心波兰民族的解放,恢复波兰国家

---

① 见《玩偶》,[波]普鲁斯著,张振辉译,上海译文出版社,2005年,第495页。
② 见《玩偶》,[波]普鲁斯著,张振辉译,上海译文出版社,2005年,第862页。
③ 见《玩偶》,[波]普鲁斯著,张振辉译,上海译文出版社,2005年,第806页。
④ 见《玩偶》,[波]普鲁斯著,张振辉译,上海译文出版社,2005年,第91页。

的独立,而且在沙俄占领者的反动统治下,连普鲁斯非常关心和拥护的实证主义提倡的自由、平等、博爱,以及发展经济、文化、科学和教育事业的纲领都不能实现。本书的作者也谈到了这一点,她在介绍伊格纳齐·热茨基时就说:"他对他周围的现实比对自己都更加敬重;这是一个崇尚历史的人,虽然他对历史根本不了解,只看到历史的表面;他以为拿破仑能够拯救他,只有参加民族解放斗争,参加起义和战争才能使自己得救。像热茨基这样的人,在某种意义上来说,是在历史上那种不断重复出现的人。他是历史的炮灰,他总是想着别人,并没有意识到自己的痛苦。"其实,在小说中,伊格纳齐·热茨基过去参加波兰民族解放斗争也只能写在他的"回忆"中,在他生活的这个社会中已经不现实了,而且就是他所崇拜的拿破仑,当年也没有使波兰在沙俄、普鲁士和奥地利的统治下获得解放。这就是小说《玩偶》所要表达的中心思想。《玩偶与珍珠》的作者在接触到这些问题时,主要通过对小说中的一些人物的心理描写来揭示这一切的深刻内涵,不仅形象生动,而且富于哲理,值得欣赏。

作者前言

读一部好的长篇小说会给人带来欢乐和愉快,这大概也是一种能够表达自己观点的特殊方法,毫无拘束地注视着人们,一步步地跟随着他们,审视他们的思想。这种审视是在暗处,会产生一种力量,一种近乎魔幻的力量,这在现实中是难以想象的——对许多事件的发生暗中做出评价。《玩偶》就有这种吸引人的力量,但它实际上是把我们引向了广阔的田野里,主要人物在一个平安无事的范围内是看不见的,一定要采取某种一体化的尝试,使评论者和这个作品在某个时候形成一个整体,消除了它和评论者对它的感受之间的差别,以及它和评论者之间的距离。这种文学作品能够帮助我们了解一个异样的存在,这个异样的存在在我们的生活经验、思想和感情中是没有的,可以说是一片空白,现在我们要使它具有某种含义,使它最后变成我们的经验、思想和感情中的一个现实的存在。

有一个真正的不解之谜,这就是有些长篇小说的出版即使有个时候赢得了某种声望和荣誉,但它最后还是被人遗忘了,而另外一些作品却又能够很好地存在,它永远不会显得陈旧和老化,也不会有什么变化。时间对文学作品和人是不一样的,但它对《玩偶》没有任何影响,这部小说具有一种只有杰作才有的神奇的双重性。它一方面详尽地叙说了十九世纪某个具体的时期的历史和人们的生活状况,对我们这些出生比它晚了一百多年的人来说,这就是一幅历史的壁画,是将许多事件发生的经过都串起来后展现出来的各种各样的场景。它告诉我们"过去发生了什么",或者"是怎么发生的"。这部小说表现了人们内心的感受和经验,而不是对一些事实的记载。另一方面,它揭示了心理学要探讨的基本的真理,说明它"是怎么样的"。这些感受不像外部世界那样,会慢慢地变得陈旧,因此《玩偶》中展现的主要的事物实际上今天依然可能出现。我们可以这么设想,沃库尔斯基在德国挣了钱后，回到国内，他想念他的伊扎贝娜，她很富有，在国外受过高等教育，也可说她是一位驻外大使文茨基的女儿。热茨基的回忆表现了一个理想主义者政治地位的升迁和降落，最后处于绝望的境地。历史总是要尽心竭力地说明这种情况出现的原因。盖斯特的发现和量子物理有关。表面上看这是一部"现代"小说，实际上它表现了一个不从属于历史的个体的令人欣喜的永恒性。沃库尔斯基是个现代人，也就是一个永远的存在。

《玩偶》中还有一个主题：追求梦想，描写一种促使我们所有的人前进，定要完成某些任务的力量，和这种力量的破灭，有意、无意或者意思不明确地牺牲了个人的利益。此外还有一种倾向，一个行动，要达到某个目的，在这种倾向和行动中尽一切可能发现自我，将一些被割裂的片段连成一个整体，使自己在危难中得救。

我感兴趣的是小说中的这个英雄人物，他是那么复杂，以各种面貌出现，充满了矛盾，成了罗夏测验①的对象，他所展现的那一片天地对于每个读者来说，大概都是一样的。

---

① 赫尔曼·罗夏（1884—1922），瑞士心理学家，创制了罗夏墨迹测验，用于测验人内在的心理意识的反应。

最后还有这部小说的形式,使我心醉神迷的是它的叙事方法,它不是按事件发生在时间上的先后次序和人物感情产生的连续性来进行表达,而是把这一切都分成了许多孤立的片段,通过对虚构人物性格往往是意想不到的揭示,来说明我们最平常的生活经验是如何产生的。

我这部书是对我阅读《玩偶》的一系列心得体会所做的个人化的记载,我对小说的语言、它在文学史上的地位,或者它的思想观点都没有进行研究,其中的许多主要情节我也忽略过去了,而把注意力都集中在沃库尔斯基这个人物的出现上。我要问这本书为什么这么打动了我,由于它我意识到了什么,怎么认识到什么是我自己。实际上我和它之间进行了交流,小说中的世界的范围、它的形象和机构都在扩大,而我则表现了我对它的认识,在它的身上撒下了我的认识的网络,我想这不是多余的。

非常感谢黑山别墅,法国省级欧洲作家居住中心①的资助,由于它,我写了这本小书。

---

① 原文是法语。

玩偶与珍珠

一　是否存在所谓的设计？

英雄人物来到巴黎后，漫游在它的那些纵横交错的大街小巷上，他首先认为自己是在这个世界上最混乱的地方，"'一片混乱！'沃库尔斯基说，'但也应当看到，几百万人的努力都表现在那里，要不乱是不可能的。一个大城市像一堆尘土，它偶然突现一个轮廓，不可能合乎逻辑。要是它合乎逻辑，早就被各种城市指南的作者们发现了，城市指南就是为了这个才编写的嘛！'"① 这个想法肯定会使他感到不安，因此他买了一张城市建筑设计的图纸，仔细地研究了一下，

---

① 见《玩偶》，[波]普鲁斯著，张振辉译，上海译文出版社，2005年，第474页。

"可使他感到最惊奇的是,他终于发现,虽说巴黎是几百万人经过十几个世纪,互不知晓和毫无计划地建造起来的,但这座城市的建造,还是有一定的计划的,而且它形成了一个整体,一个非常合乎逻辑的整体"。①

一个作品有"好的"构思就会有好的设计,这就是作者用手中的笔写出来的文字所表现的他的构思。我们要充分肯定在创作中做出的这种努力,为了避免"一片混乱",就要试着建立一种秩序,这样也会使我们的内心保持一种安稳平和的状态。毫不奇怪的是,在一个理性的时代——如实证主义——人们特别崇尚这种秩序。希文托霍夫斯基②从这个观点出发,认为普鲁斯写这个故事"很吃力",也很劳累,真是受了折磨。在希文托霍夫斯基看来,普鲁斯对小说中的这些人物真不知道该怎么办,小说"越是接近末尾,就越清楚地可以看到这一点。这里的情节没有发展,也变得松散了"。③

他的这种说法也可能没有错,因为他注意到了《玩偶》

---

① 见《玩偶》,[波]普鲁斯著,张振辉译,上海译文出版社,2005年,第474页。
② 亚历山大·希文托霍夫斯基(1849—1938),和普鲁斯同时代的作家和政论家。
③ 见波列斯瓦夫·普鲁斯《玩偶》第1卷,波兰奥索林斯基国民出版机关,1998年,第LIII页。——原注

是怎么产生的。每个礼拜写一段,寄给《每日信使》编辑部发表,就这样一个礼拜又一个礼拜地继续写下去,在这个杂志上分段发表,也并不急于赶在前面。这种写法在我看来,当然也有一个过程,但它并没有一个全盘的计划,按照某种规定来写,一直写到最后。这里的一切在很大的程度上是按照作者的某种自发和偶然的想象写出来的。但是如果用这种办法能够把那许多情节的描写黏合在一起,也可能会使读者感到很高兴,认为这里已经形成了一个整体,虽然不是自始至终,或者即使有也没有把它说出来,甚至连作者本人都不知道,应当为此去努力,或者他虽然知道,但不能肯定这种努力会不会有实在的结果。就像绘画或者素描有时候要用石墨或笔芯在纸上擦一擦,如果有一个样板,那我们只要用铅笔去勾一下就够了。

每一个过程都是它自己单独产生的,也是自然而然产生的,不是由于对它做了某种努力和有意识地进行了选择。它的出现并不是给人看的,在很大的程度上具有某种偶然性,人们虽然能够看到它的出现,一般都说它是一种情况出现的过程,或者一种突然产生的认识,没有料到的转变,惊人的相似性,一个没有研究透的逻辑。进化就是一个过程,历史也是一个过程,过程就是发展。一个人的内心活动使得他不断地在改变,走向成熟,或者与此相反,按照这个世界发展的规律,走向崩溃、死亡。关于过程,我们只能说它有个开头和结尾,也可能有某种转变,由一个过程变成另一个过程。转变和危机。要了解一个过程首先就要了解其中发展的阶段,这是了解一个过程最简单的办法,这些阶段就像一段难以理解的课文中的一个语句中的语词或者一些空格一样。但要知道经过某个阶段要达到的目的就难了,最好采取后验[1]的方法,这好像是人对事物的认识所普遍采取的一种方法。一切都要看事实。问在一个过程中要达到什么目的是一个形而上学的问题。

经历一个过程总是要处于一种活动的状态,伊扎贝娜小姐问:"我们的车子到底在走呢,还是停着呢?"[2]这是一个内部矛盾的说法,最好地说明了这个活动的内容,说明了这里是怎么活动的,这就是一个活动的过程。

最好是用一种象征性和比喻的语言来说明一个过程,不

---

[1] 原文是拉丁语,哲学和逻辑学上的用语,指根据已有的经验、结论和知识来检验某种情况的出现正确与否,和先验相反。
[2] 见《玩偶》,[波]普鲁斯著,张振辉译,上海译文出版社,2005年,第72页。

用对那些不很明确的、没有很清晰的结构形式的东西进行认真的分析和研究。应当看到，用象征和比喻的语言表达虽然不能把意思说得很清楚，但是能显示出某种伟大的意义，和一般的我们习惯的论述不一样。

伟大的作品之所以伟大，"写得好"，只是说还有"写得不好"的作品。这也可以用来说明别的东西，说明家具制作的好坏。一部作品具有堪称伟大的特性会给人们留下强烈的印象，这种印象的强烈就像发现了一个秘密，还包括许多各种不同的因素，它们能使人陶醉于其中，感到惊异和不安，总之会有深刻的体验，这种体验属于情感而不属于理智的范畴。情感是个人的，甚至是一个人最亲密的东西。属于理智的范畴的事物大家都可以认同，而每个人的感情都不一样，因此对一部作品的认识和体会都是某一个人自己的，是自己的认识和体会，自己的天地。同时也不要忘记，这种某一个人的体会不是，也不可成为别人的经验和体会。

文学评论这个属于作者和评论家的天地，就是要使这些个人对作品的认识相互之间能够协调一致。对历史的认识和政治观点的不同有时候使我们看到一部作品是这个样子，或者是另一个样子，对它的某一个方面提出批评，而另一方面又加以宣扬和展示。对于各种不同的时代精神都要进行分析和研究,表示自己的看法。封建主义废墟下的沃库尔斯基,浪漫主义和实证主义,社会学研究,上帝要关心那些死背文学课本的孩子们。我们想一想,《玩偶》是用文字写在纸上的一个梦,这也可能是所有文学作品的表达方式,因为语言最大的功能就是说梦。如果记载,那么它会是个什么样子?我们可以用来说明它的意义的方式之多,是没有穷尽的。可以根据我们脑子里认知的某种理论来说明它,联系到所有的一切,也不要管有什么规律或者是不是真实的情况,而只是要说明我们不断变化的情感、直觉和评价。任何一种理论都不能认定只有它才能对梦做出解释,因为对梦的解释是完全自由的。同样,任何一种理论对于一部文学作品的意义的阐释,也不能说它从头到尾地永远足够了。人们常以为,自己表现什么认识和观点是完全自由的,但肯定不是这样,因为总是有一个共同的思想精神对我们的影响,这种思想精神使我们看到了我们这个时代的色彩,在这里我们看到的不是现实的存在,而是我们自己认定的那个存在。

二　作者是谁?

根据很多人的经验,一本我们喜爱的书,作者对它往往感到失望,这是因为这本书的内涵比作者写得更加丰富。我不知道这是为什么,怎么会这样。也许不能把一部作品和一个活着的人加以比较,作品既不是作者,也不是读者。我以为,只能把那些用文字书写出来,或者用画面展示出来,并且已经形成了系统的故事情节加以比较,这些都是我们已经看见或者发现了的东西。那么作者知不知道他做了什么?

一本书也可能比它的作者显得更加"自觉",这里的意思是说它所展现的"世界"比作者的"我"更大。

这些情况的出现都让人要问:这个作者是谁?

一本书可以给读者开辟一个没有争议的地带，请他们到这里来聚会。文学创作并不是一种让读者和作者沟通的普通的尝试。如果是这样，如果有这样的信息沟通，那就不会出现任何一种文学。

人们想要对一些单独的世界有深刻的认识，和它们有非常好的互相沟通，有了这种沟通，就能达到一个更高的认识水平。这也是一个秘密交流的过程，作者和读者都创造了作品的故事情节，他们的创造没有重复，也完全不一样。作者创造不了一个只有"我"而没有其他的零头碎片这样合乎标准的作品，因为读者在阅读作品的过程中会有自己的经验和体会。

我们读一部长篇小说，就好像来到了另外一个生活环境。我们在那里受苦，也有爱；会感到害怕和失望，也会生病和康复。另一方面，我们要看到一个最美好的世界，我们也意识到了，并且和我们看到的这个世界有个约定，但我们对它的感受并不是最主要的，在某种意义上说，也不是真实的。读者要审视一个作品描写的那个世界，就要和它保持一定的距离，很好地把握它。以自己设定的节奏去阅读那个作品，把握它的许多画面，发挥想象，这是一种积极的态度，是行得通的。在一部长篇小说中，可以见到这么一些人物，他们在作品中并不重要,把他们展现出来,是要读者对他们表示认同,这样可以消除读者的恐惧心理,如果怕有危险,就不表示态度。我们在这里看到了我们在生活中没有看到过的一些事情的发生,看到了一个人被杀害而又复活,变成了动物和什么别的东西,我们也曾和诸神交谈。这里既有许多次的死亡,也有各种各样的爱和执着的追求,一些人要尽可能把自己封闭起来,或者摆脱一切束缚,让自己走出去,不知道什么是时间,离开地球,去发现宇宙。

一本书可以证明,整个现实都在人的心中,但并不是所有的人都认为这样,我不知道这是为什么。

通过作者和读者所创造的图像的交换,可以创造一个新的类型的现实。格里高尔·萨姆沙的图像在我看来,并没有不如卡夫卡的图像①那么现实,沃库尔斯基的存在和普鲁斯一样,是无可怀疑的。也可能作品人物的存在还显得"更加"突出,因为人们通过对作品一次又一次地阅读,也同样会许多次地体验到他们的生活状况。读者每次把书打开,都

---

① 格里高尔·萨姆沙是奥地利作家弗兰茨·卡夫卡(1883—1924)的小说《变形记》中的主人公,他有一天起床奇怪地变成了一只甲虫,于是他的工作丢了,他成了家里的累赘,从而从人的世界被踢了出来,变成"非人",最后在寂寞和孤独中死去。

能见到一个活生生的格里高尔·萨姆沙,这个原来写在纸上的毫无生气的人物形象,在读者的眼中,就成了一朵绽放的鲜花,他在读者的面前演了一出戏,永远留在读者的记忆中,不再回到原来作品的纸面上去了。如果我们认为,沃库尔斯基这个人物每时每刻在我们的想象中都是这同一个人物(这完全是可能的,因为《玩偶》是中学生必读的书),那么我们的这种想象也就说明了他是一个出奇显著的存在。

今天我们知道,这部长篇小说就是一个心理存在的事实,它也是我们心理状况的一种表现。我在这里说的"我们"并不是抽象地指什么人类,而是指那些读过这本书的人,他们形成了一个并不很大的集体,他们的心思被作品中的文学描写所触动,对作品有了一些初步的认识,和那个看到了格里高尔·萨姆沙变成了一个甲虫和安娜·卡列宁娜[①]不幸的爱情的读者的感受完全不一样。

一部长篇小说写的是一个心理变化的过程,它并不是某一个人的心理变化的过程。这个变化的过程出现在一条边界线上,那里有一个读者和作者共有的世界,有旅店和饭

---

① 列夫·托尔斯泰的长篇小说《安娜·卡列宁娜》中的女主人公。

馆,不时也有旅客在那里居住,用很深刻的语言进行交流,因为他们接触到的一些事物是用普通的话语难以表达的。长篇小说总是要反映某种转变,因此,它作为这种并不太多的艺术形式中的一种,就能够反映一个发展或者退化的过程,一个人是如何"产生"和"消除"了他的心理变化,而别的艺术形式却只能反映这种状态的存在。

善于阅读和在阅读中有体会也是一种心理状态的表现,但是有一种说法,有变态心理和精神病的人是不能阅读的。

长篇小说有很多地方都像做梦一样,其中的人物我们可以说都是以小说的主要人物的另一种可能有的形式出现的,反映了这个主要人物一部分的心理状态(格式塔心理学认为做梦就是治病)。这就是说,长篇小说和做梦一样,只有一个人物,他在做梦,这个人物就是作者自己,是作者的投射。

有趣的是,作者有什么样的投射?

人们以为这是一种心理常态的表现,是不变的,他们看到的这个自己的"我"都是一样,是他们都有的。有时候,还有一种看法认为,这个"我"的不变是最理所当然的,他就是我们的同一性形成的基础。但这只是一种错觉,一种假设。如果说这个"我"是不固定的,是多种多样和形而上学的,说他具有人所不知的能量,是一个上层的主体,那只是一种假设,是虚幻的。如果说人是一个有多种功能的工具,那可以说他就像一把很复杂的折刀。这也说明了人是多变的,也善于变化,从而形成他创造的泉源。长篇小说的作者们都知道运用这种"开放的形式"。是不是应当这么说,小说作家都是不一样的,他们都在不断地创造,要用他塑造的许多形象,来充实他其他的作品。

所谓"上层的主体"是什么这很难说清楚,因为就是作者本人也不知道。我觉得,这种主体可以用"观察家"这个词来说明,他比小说的作者知道得更多,他既有作者的远见卓识,又超出了作者的认识范围,他比那个作者单独的"我"能够更好地掌握时间,对原因和后果的产生的认识也更深刻,在某些方面来说,他也知道未来是什么,因为他知道那个过程最终要达到的目的。

这个观察家的思想产生于他对文学作品在心理上的感受,它的产生高于作者的"我"意识到和没有意识到的心理感受,因为它像荣格[①]秘密地说的那样,也是我们大家的感

[①] 卡尔·古斯塔夫·荣格(1875—1961),瑞士心理学家。

受。一个人的个性可以在心理上，而不能在科学上去对它进行说明，因此这个问题总是在文学的学科中，而不是在经验的学科中去进行研究。这就是"所有的都在我们这里"，也就是一个人在心理上对这个世界的感受，这种感受是一种对世界全息摄影式的反映，说不明白，也不可信。自我的存在是一个整体的种子，说明它能看得更高，比我们对自己的生平和对世界的了解更加丰富。

"以观察家的视角来进行写作"就是相信这种内部自然的律动，能够使我们了解一些"偶然"出现的东西，不需要特别有意识地到历史的叙说中去寻找。如果我们有人在研究一个问题，虽然集中了注意力，但不知道这种内部自然的律动，那他只能看到一个平庸凡俗的外部世界。对于这个外部世界的了解，我们只有去找一本被尘土覆盖了的旧书，在那里找在别的地方没有说过的话，或者偶然发现一个关键性的问题，或者就像做梦一样，看到一些杂乱的景象混在一起，很不清晰，可现在却又显现出了新的光彩。这样看来，就好像我们并不是面对现实，而是和它在一起，和它肩并肩地一起工作。

有梦就说明了观察家的存在，这是完全可以理解的。这种梦——以梦作为比喻是可以理解的——说明一个人总会有一种印象,就是还有一个人在他的身边。这个观察家就是梦见了我们中的"我"的那个人,这个"我"是他创造的,是一个最典型的自然产物,并不是真正代表了我们的意志的"我"。这个"我"的故事和我们没有关系,它是在另一个地方产生的。这个观察家是一个守护天使,而不是别的。他善于发现和保持那些人们一无所知的领域的联系。因为他和这个作者的"我"正好相反,他把这个作者的"我"也放在自己的心中。

只有这个观察家能够看到那个作者的"我"创作的全过程(作者的"我"是贯穿于这个过程中的),也只有他对整个作品都有了解,了解它的构思和创作计划,它的过去、现在和未来。他并不是要"强行"让作品保持原状,因为以后每一个对于作品的离题发挥都是很有意义的,观察家超越了小说故事发生时间的限度,也超越了小说产生的时间的限度。

这样一个观察家是不可捉摸的,作家有时候并没有意识到他的存在。作家乐于把作品完全看成是自己的,他很自豪地在它上面签了名,有时候还对它表示惊奇,可实际上,作者只是这个观察家的一个有感觉的和好用的工具,他运用的语言、他所描写的具体的事件都要由观察家来审定。但过去认为神灵、天才和缪斯都具有一种神奇和秘密的创造的力量。①

但是一个观察家的兴趣仍然是单方面的,他只对作品的某个方面,也就是最后发生的事感兴趣。

---

① 这里是说神灵、天才和缪斯的创造不需要观察家来审定,他们不是观察家的工具,和普通的作者不一样。

三 《玩偶》——这部小说讲的是什么？

  《玩偶》讲的是认识、转变和人，以及人的精神使命完成的历史。这是一次内心的旅行，小说主要人物自觉不自觉地都参加了这次旅行。这里表现了一个自发和具有普遍性，也是自然而然地出现的过程，说明了这一过程是在什么历史、社会、习俗和心理学的具体条件下出现的。这是一个我们每个人不管是现在还是以后都会有的过程，也是一个包罗万象的过程，虽然这不合一般表面生活的逻辑，从某种意义来说，是违反自然的[①]。

---

① 原文是拉丁语。

以心理学的观点来说，这是一个可以称之为个性化发展的过程，说明了个人和集体不一样。它的目的就是要表现这种个性的发展，但是这种个性的表现和孤单完全不一样，它很想和集体取得密切的联系。荣格说，一个人愈是采取集体的生活方式，那他这个个体的不道德就表现得愈明显，因此个性化是背离集体化的模式的。

因此这个讲述沃库尔斯基和他的世界的故事是一个象征性的故事，每一个这样的故事都象征性地说明了主人公要达到的目的，可他在什么时候，因为一些事件的发生而有了转变？他放弃了原来的目标，要去到另外一个目的地。他的这种旅行说明了他一种意识的转变，这里的每一个故事都说明了这个意思。

我所理解的象征就是一种能够最充分地表现无意识的本质的方法。象征并不是人创造的（如果是人创造的，那只是比喻），而是自己出现的，它的出现也没有事先的安排（如果有事先的安排，它的出现就是一个符号）。象征能够反映秘密，但它并不公开秘密，也不对它做什么解释。愈是一般的反映，就愈是能够引起我们对它的各种想象，它的特性表现在任何时候不会让人冷漠地对待它。

四　召唤

从沃库尔斯基来到巴黎,便开始了小说中描写的那个很奇怪的部分①。在一路上晕头晕脑的旅行之后,这个人物来到了当时世界的中心,这肯定是整个小说描写故事发展的转折点。情节的进展在这里放慢了脚步,这里什么也没有发生,所有的阴谋和纠葛都放到以后再说。沃库尔斯基就像一只锐利的眼睛,能够看到一些地方的深处,它拉近了周围和它的距离。小说的这一部分集中地反映了这个人物在心理上的感受。由于这一段主人公的心理描写特别集中,也就成

---

① 见《玩偶》第二卷第三章《灰色的日子和血腥的时刻》。

了反映小说全貌的一面镜子,显得十分突出,因此可以确切地说,它就成了小说最重要的一部分。同时它也总结了过去发生的一切,预示了以后会要出现的情况。华沙的喧嚣静下来了,远处好像展现了一个空间,有一辆火车要从华沙驶到巴黎去,但是那里的空间被云雾花絮所笼罩,看不清楚。小说人物对现实的感知也变了,他的视野更加开阔,对什么都很敏感,根据自己以往的经验,他对周围也有了更多的了解。这个人物对象征也很敏感,能够接受和理解那些他没有很清楚地意识到的东西,因而使他见到的世界有更丰富的内涵,也很有意义。这个城市所发生的一切以一种神秘的、形而上学的方式在他的心中都有反映。

读者在这里(也可能更早)开始怀疑,小说的意图是不是要揭示这个人物内心的探索。沃库尔斯基能够说出这里发生的一切是什么,他在他的富于创造性的思考中,发现这个城市的建筑一片混乱的局面有某种含义,他在这里提出了一些问题,很有新意。小说情节的发展到这里因此也出现了高潮,和主人公的那本《巴黎指南》相比,他作为一个观察家在这里发现了他没有想到的深刻内涵。华沙变成了巴黎,这就象征性地指出了一个新的前景,这对主人公来说有一种治疗心病的作用,使他看到在这里的混乱也有某种含意,这就是"轴心"[①]。主人公发现了这个轴心的所在,这是他在精神上一个最重大的发现,一张使他能够得到救护的门票。

照过去传统的宗教观点,这是一个认识的过程,也是对召唤的回答。还有一个观点认为,一个人要改变,这是一种幻想,他的精神世界要听从召唤,如果他听到了这种召唤,他也可以对它做出回答。

这种召唤总是认定事物的变化,把现有的抛弃,去面对那些看起来还不很清楚的,甚至有危险的东西。以后,如果人的意识能够完全理性化,就会洞察到自己的内心深处,和内心有更好的沟通,更好地懂得在现实和梦中出现的那许多景象和图景有什么含意。可是今天人们在很大的程度上,都失去了这种能力。如果有研究梦的历史,它一定会认为梦是平庸凡俗的,没有很大的意义。一些内容丰富的梦境的出现被认为是一种生理上的遗传。保罗到大马士革去时是这样看,还有一些别的人也都是这么看的。现在,就像一百年前沃库尔斯基那个时候一样,召唤变得更加微妙,认不太出

---

① 见《玩偶》,[波]普鲁斯著,张振辉译,上海译文出版社,2005年,第475页。在小说中,这里说的是"巴黎有那种可以称为脊梁和轴心的东西"。

来，它甚至变成了一些符号，因为不知道是什么意思，就容易被忽视。

第一件值得注意的事是沃库尔斯基在巴黎的一个旅馆里，见到了他自己的相貌，因此他当时也表露出了他的情绪和个性。

因为在沃库尔斯基住的这间房里，有一面很大的镜子，它能照见整个房间，也能照见这里发生的一切。由于某种原因，他在那里看到自己的影像是那么可怕，真是没有想到。"这时他把眼睛睁开，吓得毛发都要竖起来了。他看见对面有间跟他这间一模一样的房间，有一张挂着蚊帐完全一样的床，床上睡的就是他自己……他用两只眼睛向周围察看了一下，觉得自己在这里非常寂寞，只有一个永远不退让的见证人，即他自己陪伴着他，这个场面使他感受到了他这辈子还从来没有感受过的最大的震撼。"[1]

主人公在这种情况下出乎意料地出现某种激动情绪虽很平常，但在他的心中，就可能表现出了某种很重要的东西。沃库尔斯基和他自己保持了一定的距离，这是一个过程

---

[1] 见《玩偶》，[波]普鲁斯著，张振辉译，上海译文出版社，2005年，第453页。

的开始,它的意义和它要达到的目的是难以猜测的。

　　沃库尔斯基在这个旅馆里住下后,又有人很奇怪地像旋转木马似的不断来找他。一个叫埃斯卡博的人误以为他是一个做武器买卖的商人,沃库尔斯基把他打发走后,又来了一个嗜赌的人,这个人当时情绪很激动,要把他在赌轮盘上如何赌赢的方法告诉沃库尔斯基,要沃库尔斯基给他试验费。然后又有男爵夫人来找他,说"有一个重要的秘密可以出卖",问他买不买。最后还来了一个哲学家,是"两个大学的哲学博士",他对沃库尔斯基谈到了他对一些事物的看法,还对沃库尔斯基说:"我真心诚意地愿为您效劳。"要当沃库尔斯基的向导。但沃库尔斯基对这一切都不感兴趣,最后他离开了这个旅馆,到巴黎城里观光去了。[①] 他在巴黎的大街上有三次见到过一些女人,都使他想起了在华沙的伊扎贝娜。他还看见在一个建筑物上有一块浮雕,雕出了最后的审判。后来他口袋里的一个烟盒也被扒手偷走了,成了他的牺牲品。和巴黎相比,华沙是很小的,它距离巴黎也很远,就像直到现在出现的所有的生命那样,毫无价值,也不重

[①]　以上情节的描写见《玩偶》,[波]普鲁斯著,张振辉译,上海译文出版社,2005年,第462—467页。

要。沃库尔斯基觉得自己就像一个孩子,"他,沃库尔斯基,在华沙引起了那么大的轰动,在这里却变得像孩子一样畏缩不前……但这却使他感到很满意。是啊,他是多么想使自己又变成一个像当年那样的孩子,那时候,他父亲还跟朋友们商量,是把他送去当伙计,还是让他去上学。"①"而他自己却睡在一座巨大无比的陵墓里,孤单、宁静,感到很幸福。他睡着,什么也没有想,什么人都不记得了。"②

  为什么我要举这些细小的、看来并不重要的情节描写呢?因为我对这感到奇怪,就好像这些都是来自普罗斯佩·梅里美③的短篇小说,而不是来自波列斯瓦夫·普鲁斯的作品。把一些莫明其妙的并不影响整个故事情节发展的东西硬塞到这部非常具体的小说中,使小说的结构遭到破坏,就好像一块美丽的绣花被撕破了一样。换句话说,在本来对沃库尔斯基合理的描写中出现了漏洞,进来了一个魔鬼。这在心理学上是降低了意识的门槛,使意识得不到发挥,被压制,起不了作用,只对符号最敏感。小说中这个心理细节的

---

① 见《玩偶》,[波]普鲁斯著,张振辉译,上海译文出版社,2005年,第456页。
② 见《玩偶》,[波]普鲁斯著,张振辉译,上海译文出版社,2005年,第471页。
③ 普罗斯佩·梅里美(1803—1870),法国作家。

描写，使读者感到这可以理解为一个象征，它像一个闹钟，它响了，能够引起读者的注意。

因为主人公在这些杂乱的回忆、感知和情绪的冲动中，展现了一个新的面貌，变成了另外一个人："从沃库尔斯基投身到巴黎生活的第一天起，他就开始了一种神秘的生活。"①"有时候，他觉得自己是由于一种奇怪的巧合出生在巴黎马路上的一个人，而且就是在几天以前出生的。所有他记起来的东西都只不过是一种幻觉，一种梦境，在现实中是从来没有的。"②这是不是像古斯塔夫③变成了康拉德，英雄人物浪漫主义的转变，开始了另一种生活？但沃库尔斯基生出来就是为了他自己，而不是为了别人，也不是为了这个民族。

沃库尔斯基只有来到巴黎，才会有这样的变化，因为巴黎当时是世界的中心，是十九世纪一个值得怀疑的人④的耶

---

① 见《玩偶》，[波]普鲁斯著，张振辉译，上海译文出版社，2005年，第471页。
② 见《玩偶》，[波]普鲁斯著，张振辉译，上海译文出版社，2005年，第472页。
③ 这是波兰伟大的爱国主义和浪漫主义诗人亚当·密茨凯维奇（1798—1855）的诗剧《先人祭》中的人物，主人公古斯塔夫是一个遭受了失恋痛苦的年轻人，局限在个人思想情绪的圈子里，但他变成了康拉德之后，就成了献身于波兰民族解放斗争的英雄人物。
④ 这里就是指主人公沃库尔斯基，他到巴黎来朝圣。

路撒冷和圣地亚哥①,但是沃库尔斯基在精神上的振奋的一切表现都和文化而不是和宗教有关。他一来到巴黎就把他原来要做的一次精神上的朝圣变成了文化上的朝圣,在那个时候人们都是这样,因为来这里朝圣的人,感兴趣的不是那些圣徒的遗物和美妙的宗教图像,而是教堂的建筑形式和博物馆里的绘画作品。

每个朝圣者都有自己的心理状态,他们来这里的目的并不重要,但都是很特殊的、新奇的。他们的朝圣中,重要的是他们抛弃了那些陈旧的、大家都很熟悉和安全可靠的东西,而走在一条新的路上。这是一个象征性的行动,一个重大的决定,出发点变了,要选择一个新的前景,要撒下新的种子,一切都要更新。因此沃库尔斯基来到巴黎后,这座城市震耳欲聋的喧嚣,令人头昏眼花的杂乱,能够使一个被麻醉的人改变他的意识,他会不断地受到外来的刺激,获得许多感性知识,所有这些外来的东西都成了他面前的影像,因为那个丰富的宝库对他来说,有很大的吸引力。

要是在今天,沃库尔斯基一定会去纽约,因为现在那里

---

① 全称"圣地亚哥-德孔波斯特拉",西班牙西北部的一个城市。

是世界的中心,那是一个奇怪的中心,混乱的中心。这座城市也没有一个被认为是神圣的中心地带,也可能这个世界对朝圣者的要求很多,朝圣者在自己的身边要有一个中心。

当我这一辈子第一次来到纽约的时候,几天之后就尝到了这座城市的滋味。我漫游在我首先见到的一些著名的街道上,在这里做了个梦,梦见我在看一张这座城市的市区图,突然很惊奇地发现纽约有一个市场,在一些街道纵横交错而形成的一个直角上,我还看见了一个圆形的广场。这怎么可能,我以前没有见到过呀!我很激动地来到那个广场上,在那里见到了一座古希腊式的露天剧场,到处都有日本人在拍照。这个发现使我感到轻松了一点,按照古老的规矩和习性,都会这样,没有例外。

对沃库尔斯基来说,发现巴黎城市布局的意义有一种治疗的效果,在他意识转变的过程中出现的危机结束了,开始产生了另外一个情况,他的行程也出现了另外一个阶段,和他过去对一切的认识都不一样。

在这种情况下,就有了第二个召唤。

沃库尔斯基细看这张市区图,发现这个城市就像一条大得可怕的毛虫,他这么想,"大城市也像植物和动物一样,有其特有的内部结构和生理作用。"①它是一个活的生灵。沃库尔斯基还发现了其中有称为"轴心"的东西,一个城市的秩序,它的合理的结构都是自己表现出来的,也是靠人这个工具把它建造起来的,城市是人的手把它建起来的。

沃库尔斯基意识到,在这种共同的创造中(一些个体是不是也参加过这样的创造?)最重要的是要有一种高级的规范,也要严格地遵守秩序,而不是随心所欲的,因为"在他看来,千百万人是那么大声疾呼地要实现他们的自由意志,其实他们创造的劳动成果,和蜜蜂建造正规的蜂房,蚂蚁筑造尺寸合适的蚁冢或者化合物构成有规律的结晶体所付出的劳动并没有什么不同。因此,社会生活的运转不是根据偶然事件,而有其永远不变的规律……"②

巴黎这座城市就像一个大的生灵,它是一条毛虫。

> 万塞讷森林位于巴黎的东南方,布洛涅森林的边界则在西北方。那条穿过市中心的轴心就像一条巨大的毛虫(差不多有六俄里长),它在万塞讷森林里感到烦

---

① 见《玩偶》,[波]普鲁斯著,张振辉译,上海译文出版社,2005年,第476页。
② 同上。

闷,就往比东森林爬过去了。

它把它的尾巴放在巴士底广场上,把头靠在凯旋门上,它的躯干几乎贴近了塞纳河边,颈项是香榭丽舍大街,腰身是杜伊勒里宫和卢浮宫,尾巴是市政厅、圣母院和巴士底广场上的那根七月纪念柱。

这条毛虫有许多或长或短的小脚。它脑袋下面的第一对小脚左边的那只伸向练兵场、特罗卡德罗宫和博览会,右边的那只伸到了蒙马特公墓。第二对小脚比较短,一只向左伸到了军事学校、荣军院和议院,另一只向右伸向了马德莱娜教堂和歌剧院,然后又朝着尾巴的那方伸去,左边有美术学院,右边有王宫、银行和交易所;左边是法兰西学会、钱币博物馆,右边是中央市场;左边有卢森堡宫、克吕尼博物馆、医科学校,右边是共和国广场和广场上的欧仁公爵的兵营。[①]

这段详尽的描写极力要使我们相信,城市是一个活的生灵,市区图上那些枯燥无味的线条勾画出了一个动物的图

[①] 见《玩偶》,[波]普鲁斯著,张振辉译,上海译文出版社,2005年,第475—476页。

像，这是一个神奇的构思，但也是一个童稚的和原始的构思。当我们还是孩子的时候见没见过地图？看到这个样子的岛屿和大陆的图像是不是很高兴？

不久后，沃库尔斯基在一家咖啡店的门前听到了街头传来的歌声，这是一首关于春天和蝴蝶的歌，没什么意思。可以认定，它很像热茨基唱的一首关于夜莺的歌①，这就成了把小说这些情节联系在一起的一个环扣。沃库尔斯基从这首偶然听到的歌中并没有任何的发现，但它的乐调进到他的耳朵里后他就牢牢地记住了。除了春天和蝴蝶，他把毛虫的图像又加了进来，认为没有毛虫，这座城的图像就不全。先有毛虫，然后才有蝴蝶，蝴蝶是因为有了毛虫才长成蝴蝶的②。这样就使这两个概念变成了一个更完美的概念，这也是一种转变。沃库尔斯基认为巴黎就是这样，一个充满了活力的城市也反映了一个心理变化的过程，内部的现实和外部的现实在这里相遇了。

这个外部世界是一个活的世界，它高一等，但不论外部

---

① 在《玩偶》的第一卷第四章的开头，书中人物热茨基唱了一首关于春天和夜莺的歌。后来在小说第二卷第十九章中，他又把这首歌唱了一遍。
② 意思是说有了这座城市才有了这里的蝴蝶。

还是内部世界都是这个整体的一部分,它们互相补充,彼此间也没有矛盾和冲突。

现在在巴黎,沃库尔斯基第一次对伊扎贝娜有了一种感觉,这是一种新的感觉——同情。他在想:"他为之神魂颠倒的那个女人是不是一个卖弄风骚但又十分高傲的普通女人?是不是和他一样,迷失了方向,找不到自己生活的道路?从她的行为来看,这是一个要出嫁的姑娘,她在寻觅最好的对象。从她的眼睛可以看出,她有一个天使的心灵,人情世俗是不会让她远走高飞的。"①沃库尔斯基在这里看到了伊扎贝娜身上具有比一个他所追求的女人更多的东西。不管伊扎贝娜愿意不愿意,她都是沃库尔斯基患难与共的姐妹,完成他事业的帮扶者,能够和他一起忍受那种被冤屈的痛苦。在这里,他也看到了这个世界的本质所在。

但是早在去巴黎之前,他到过维斯瓦河边。

这是一次偶然的机会,他来到了维斯瓦河畔,想起一个年轻的印度人也曾流浪。这个印度人当时离开了他的宫殿,

---

① 见《玩偶》,[波]普鲁斯著,张振辉译,上海译文出版社,2005年,第481—482页。

要在一个僻静的地方找到痛苦,发现衰老和死亡。① 这次去维斯瓦河畔的感受,他后来在巴黎也体验到了。去维斯瓦河畔是他去巴黎的前兆,没有这个前兆,他就不会有在巴黎的感受。

沃库尔斯基和他想起的那个印度人一样,接触到了人世的阴暗面,看到了动物生存的状况,这就给了他一个最重要的启示,心理学上叫高峰体验,感到人和这个世界已经形成了一个整体,人和别的存在都属于这同一个共同体,消除了把"我"和"不是我"分开的界线。这是一种神秘主义的启示,它并不令人感到欣喜和振奋,它只是说明了这是一个要遭受痛苦的共同体。

>他不只是关心人,而且也感受到了那些马拉着沉重的运货车的痛苦,它们的脖子被颈轭磨出了血的疼痛。他深知那条狗是因为找不到主人而发出恐惧的狂吠,那

---

① 这里并不是讲沃库尔斯基,而且讲《玩偶》的作者自己,他当时在这里想起的印度人就是佛教的创始人释迦牟尼,这里提到的宫殿是华沙克拉科夫城郊街和乌雅兹多夫斯卡街交叉口上一座很漂亮的宫殿,维斯瓦河畔在普鲁斯生活的十九世纪七十和八十年代,是穷苦人居住的地方。作者在这里将他的人物和他自己类比。

条垂着奶头的瘦母狗从一条阴沟跑到另一条阴沟里,为自己和它的那些狗崽找食物,但它什么也没有找到,因而感到绝望。连没有树皮的树、像掉了满口牙齿一样的坑坑洼洼的路面、潮湿的墙壁、破旧的家具、破烂的衣裳都使他感到无限的痛苦。

他觉得,那些东西都处于病态,它们受到了残害。它们在诉苦:"看呀,我多么受罪呀!"这种诉苦也只有他才听得懂。而他也只是在今天,在一个小时前,才有了这种能够感受到别人痛苦的特殊的本领。①

沃库尔斯基的这种感受是如此强烈,使他觉得自己都变了样。"医生会说,我的脑子里不是产生了一个新的细胞,就是有几个旧的细胞结合起来了。"他想。②

如果将《玩偶》的主人公的经验和释迦牟尼年轻时的经验③加以比较,会发现两个人都认为这个世界永远是一个痛苦的世界,这是大自然赐予的启示。有一扇大门向释迦牟尼

---

① 见《玩偶》,[波]普鲁斯著,张振辉译,上海译文出版社,2005年,第103页。
② 见《玩偶》,[波]普鲁斯著,张振辉译,上海译文出版社,2005年,第104页。
③ 释迦牟尼29岁时(一说19岁)时,有感于人世生、老、病、死各种苦恼,出家修行。

敞开了，让他去修行，这是大家都知道的。在维斯瓦河边上见到的一切也给沃库尔斯基指明了一条道路，使他后来在巴黎对这里的一切又有了许多新的认识。在维斯瓦河边，他第一次用了一个比喻，用他在这里见到的一只蝴蝶做的比喻，这是一个最普通的象征，后来他在巴黎用毛虫又对这个蝴蝶的比喻做了补充。小说中写的是，沃库尔斯基在维斯瓦河边漫游，他很惊奇地（因为这还在一年一个很早的季节）发现有一只黄蝴蝶在他的头上飞过，他认为它可以作为一个比喻，说明他当时内心的状况。"是啊！那么你这个服饰用品商人是不是也想变成一只蝴蝶呢？"然后他又带讽刺意味地自言自语道："为什么不呢？世界的规律不就是不断地自我完善吗！"[①]这也是他对自己的回答，他的理解很好，很具体，但他还是没有理解一个最一般的道理，就是在我们见到的这个具体的世界上，社会要发展，要进步。

这里还**"有个声音"**在对他说话，虽然小说中写的是"有个声音"，但我用大写标出，要着重指出是这个声音在对他

---

① 见《玩偶》，[波]普鲁斯著，张振辉译，上海译文出版社，2005年，第101页。

说话。沃库尔斯基自然而然地听了,并不感到奇怪,最多也只是把这看成是一种"病态幻想所产生的幻影"①。我感兴趣的是这个声音是谁发出来的,因为它总是在一种很激动的情绪和高度集中的意识中表现出来。

第一次是在维斯瓦河畔,当沃库尔斯基在想要怎么帮助韦索茨基的时候,这个声音说出了一个想法,说他可以把韦索茨基的弟弟调到斯凯尔涅维采去,这个决定后来还救了沃库尔斯基的命。②

第二次听到这种声音是在一个教堂里,伊扎贝娜在那里募捐,沃库尔斯基看到了一个虚荣的市场,觉得没意思,因此对这里感到陌生。他问自己:"我是谁,为什么他们都把我当成陌生人?"这时马上就有一个声音回答说:"我要把他们所有的人都放在铁筛子上筛一筛,以分辨出哪个是谷粒,哪个是糠秕,你就是筛子上用来分辨的一个小孔。"③铁筛子上的一个小孔,用来分辨谷粒和糠秕,既是救助,又是谴责。

---

① 见《玩偶》,[波]普鲁斯著,张振辉译,上海译文出版社,2005年,第115页。
② 沃库尔斯基雇用了失业的韦索茨基,还把他弟弟调到了条件更好的斯凯尔涅维采火车站,给了他们很大的帮助。沃库尔斯基后来在这个火车站下车,想要卧轨自杀,是韦索茨基的弟弟救了他。
③ 见《玩偶》,[波]普鲁斯著,张振辉译,上海译文出版社,2005年,第115页。

第三次沃库尔斯基是在和这差不多的情况下听到了这样的声音,他来到了文茨基一家的客厅里,觉得他和这个"形式的世界"面对着面了,因而产生了恼怒的情绪。

仅仅十几秒钟,他仿佛产生了一种幻觉:在他和这个有许多优雅的形式值得尊敬的世界之间,正在开展一场斗争,不是那个世界灭亡,就是他死。

"如果我死了……我还可以留下一样纪念品……"

"你会留下对他们的谅解和同情。"有个声音轻轻地说。

"难道我是那么卑鄙无耻?"

"不,你很高尚。"①

以上提到的这些声音都是在沃库尔斯基见到伊扎贝娜的那个世界、有阶层划分的那个世界、只能看见表面的那个世界、虚伪和徒有虚荣的那个世界时听到的。他听到的这个声音是从这个世界之外发出来的,是从那个并没有进入这个

---

① 见《玩偶》,[波]普鲁斯著,张振辉译,上海译文出版社,2005年,第128页。

世界的底层的空间发出来的。

沃库尔斯基第四次听到这样的声音是在一个最富于戏剧性的场面中,这就是他要在火车轮下自杀的时候。他想到自己曾经是一块石头,有个声音问他:"你想变成一个人吗?"[1]但他在这里只有痛苦,感到有什么没有完成,他要去实现他的愿望,要避免这种痛苦。他和别的人一样,懂得什么叫作失去了机会,再也没有可能。这时有许多人都对他大声地喊了起来:"在这幕戏里,你就把角色让给别的什么吧!"[2]因为这些人也要利用他们的良机,扮演这样的角色。沃库尔斯基这块石头因此处于绝望的境地,"于是他自己又要彻底消失掉了,而且是在那万物的主宰把失望的痛苦当作最后的纪念品赠送给他的时候。他正是因为失去了一切而陷入了绝望的境地,因为目的没有达到而感到痛苦!"[3]

这是对一个人的经历和个性的紧凑而又包含了隐喻的描写。一个人的生存状态以不同形式展现,因为它要完成某种任务。一个人活着就会有一种特殊的机遇,能够去完成这

---

[1] 见《玩偶》,[波]普鲁斯著,张振辉译,上海译文出版社,2005年,第751页。
[2] 同上。
[3] 见《玩偶》,[波]普鲁斯著,张振辉译,上海译文出版社,2005年,第752页。

个任务。在生存的更高的层面上会对生活有更多的认识,感受到更大的痛苦。生活的本质就是遭受痛苦。人的生活具有某种特殊性和代表性,它是一件很少见到的礼物。有一条连通的链带,使石头、树木、空气和天空都变得和人一样。相同的存在能够不断地出现,同样的失败也会不断地出现。这就是说,只有少数人能够完成他们的任务。

沃库尔斯基在和一个什么声音谈话,这个声音说:"你想要变成人。"①我以为,沃库尔斯基这是在和上帝谈话,虽然他自己没有意识到。

---

① 见《玩偶》,[波]普鲁斯著,张振辉译,上海译文出版社,2005年,第751页。

五　沃库尔斯基是谁？沃库尔斯基的综合征

沃库尔斯基感到他已经出发了，带着一种激动的情绪，表现出他有强烈的自尊心和对社会和历史的观感和认识，可是他把这一切和自己的面貌错误地混同了。说真的，他是一个神经官能症的患者，这表现得很清楚，很强烈，也很特别。他虽然充满了矛盾，对自己并不了解，但他有一种潜在的力量。在小说中，他很有声望，言行稳重，先后一致，是一个很有用的人。他知道他要干什么，他有文化、有知识，他对什么都很敏感，干什么都适合。他也是一个社会的人，时刻准备出发和上路。是的，沃库尔斯基是一个很复杂的人。

如果我们冷眼看这个人物，就会发现他有控制他人的倾向,就好像把他们当成他的客体。就是在他表现出舍己为人、救助别人(帮助韦索茨基找工作,关心那些妓女的改造和未来,让热茨基从旧房子搬到新房子里去住)的时候,也像是要把他们套在他的绳索上。他是以一种造物主的态度对待他们的,和他要做好事的对象总是保持一定的距离。

沃库尔斯基除了对伊扎贝娜的爱之外,几乎从不表露自己的感情,而且他也不承认自己有什么别的感情。但是我们知道,他对人们采取这些善举的时候,心情是很激动的,也可能这个时候他的认识、他做出的决定和气氛都变了,由冷漠变成了狂热。"我身上有两个人",[1]他说这话好像觉得自己没有什么价值,想要自杀,但是他又总是以为自己很有价值,比别人要好一些。他说:"只有和我这种人一样的女人才能跟我在一起,可是这样的女人我还没有碰到过。"[2]他有一种自我完善的强烈的要求(那个没有梯子却能够从地窖里爬出来的行为,热茨基很正确地认为这是一个象征,沃库尔斯基这个人物的象征,也表现了一种社会意义)。沃库尔斯基是一个很隐蔽的人,他的一切就是对自己最亲近的人也

---

[1] 见《玩偶》,[波]普鲁斯著,张振辉译,上海译文出版社,2005年,第286页。
[2] 见《玩偶》,[波]普鲁斯著,张振辉译,上海译文出版社,2005年,第409页。

不暴露。

沃库尔斯基命里注定没有自己的童年。(他的母亲是谁我们一点也不知道。他的父亲要用钱去打官司,认为只要打赢了官司,就可以收回祖上失去的产业,恢复过去贵族的地位,这是脱离现实的。)他出现在小说中就像一个何蒙库鲁兹①,一开始就是这样。小说第一卷第四章中说他从秘密的东方,打了仗回来了②,马上就问起伊扎贝娜。之前他只在戏院里见过她一面。主人公这种倔强的个性令人惊奇,像这样一种摆脱不了的念头使得一些文学作品的人物变得十分有趣。

以心理学的观点来看,《玩偶》中的这个人物可以诊断为患了沃库尔斯基综合征。照他的看法,要赢得爱、友谊、尊重,不是凭你是谁,而是凭你的行动。我行动,固我在。这种想法源自低自尊,很早,在"我"还是个孩子,什么也没有做的时候,就这么想了。对自发地,也是无条件和自然而

---

① 原文是 homunkulus,指欧洲的炼金术士创造出来的人工生命,也指创造人工生命的工作。
② 沃库尔斯基因为参加过波兰 1863 年民族起义,被流放到西伯利亚。回到华沙后,于 1877 年去保加利亚参加在那里爆发的俄土战争,搞军需供应,挣得了几十万卢布的巨款。"打了仗回来"是一种夸大的说法。因为他在那里赚了大钱,所以伊扎贝娜也称他是征服者。

然产生的爱的渴望；对心醉神迷，或者对存在这个事实在身心上都感到非常满意的渴望，如果一个人当他还是个孩子的时候，就体会到了这种感觉，那他对自己会有充分的肯定，而且会持续一辈子。在另外一种情况下，他就得不断地表现出自己的行动和取得的成就，来说明他有存在的权利。

那个有政治头脑的列昂的心上也很明显地有这种感受。他在地窖里开的那次神秘的政治性的群众大会上，对怀疑他的思想观点的年轻的沃库尔斯基说："因此你要相信，你和我们是平等的，我们像兄弟一样地爱你，你心中会消除对我们的愤恨。我……向你跪下，代表人类恳求你原谅使你遭受的屈辱。"①

在沃库尔斯基唱的这出戏中，表现了两种社会秩序和价值观，因为他生活在一个特殊的时代，到处都是一片混乱。过去的宗教信仰和浪漫主义的豪情已经不存在了。虽然还留下了一点法国革命的思想遗产，但也遭到了严重压制和破坏。这里展现的是古希腊万神庙的建筑风格，而不是人们追求的理想。在维斯瓦河边的石头上刻写的自由、平等、博爱②这些字现在什么意思也没有。这是一个用理性主义和

---

① 见《玩偶》，[波]普鲁斯著，张振辉译，上海译文出版社，2005年，第406页。
② 原文是法语，这是十八世纪末法国大革命提出的口号。

科学中心论的语言来说话的时代,在科学实验的成果中能够看到使世界变得更好的希望。

但是沃库尔斯基认为有一种更高一等的社会秩序的存在。他对这有一种盲目的追求,是自发的,并没有真的认识到,也没有体会到。他也没有看到他的目的并不是追求女人,不管多么漂亮的女人。沃库尔斯基斯并不知道自己是个什么人,他对自己也是逐步地才有了一些认识。《玩偶》中写的是一个人认识自己的历史。

在别的文学作品中,也有类似《玩偶》中这样的人物。诺斯替教有一个寻找珍珠的人,他在这个世界上是个陌生人,是从别的地方来的。像他这种人是存在于别的社会秩序中的,但他把这一切都忘了。沃库尔斯基具有宗教的天性,他有一种超前的观念,和他那个时代许多人都不一样。如果他出生得更早一点,那他肯定是一个可以称为"精神的火焰"的人,一个神秘的人。在他那个时代,甚至没有一个语词能够描述像他这样的人。而且最糟的是,连他自己都不知道他是个什么人。

六　伊扎贝娜是谁?

有两个伊扎贝娜,一个是小说的叙事者所叙说的伊扎贝娜,另一个是沃库尔斯基所见到的伊扎贝娜。读者总是完全相信什么都知道的叙事者,特别是沃库尔斯基也很想让读者相信这个叙事者。他有时候表现得很冲动,但有时候也只是表面上如此,因为他不是任何时候都真心诚意的。我们看伊扎贝娜,一方面觉得她很引人注目,也不愚蠢,但她是一个爱虚荣的贵族,一个势利小人。这个形象很一般,没有任何独特之处。

沃库尔斯基看见的形象,与之形成了鲜明的对比。它并不刺眼,也看不出里面有什么具体的东西,但是显得很了不得——伊扎贝娜很不一般,她美丽、深沉,好像秘不可测。

这种矛盾的显示使小说进入了高潮,读者始终不理解,为什么小说中的这个英雄人物爱上了(不管这是怎样一种感情)伊扎贝娜·文茨卡。伊扎贝娜一定是一个隐喻,因为很难说她是一个具体的活生生的女人,这样才能使读者对她有一点认识。如果说沃库尔斯基是在小说《玩偶》中的这个世界里,那么在我的印象中,伊扎贝娜就在沃库尔斯基的这个"小说的世界里"。这两个人物并不是等同的,伊扎贝娜没有沃库尔斯基那么现实。

伊扎贝娜对沃库尔斯基来说,也可能是一个不可缺少的比喻。按照一个离奇但是很真实的说法,个体的东西愈是复杂,那么不是个体的东西就愈简单。这是一个处于最完美的境界的矛盾,因为伊扎贝娜来自"形式的世界",而沃库尔斯基来自"内容的世界"。我们总是以为伊扎贝娜好像和沃库尔斯基签了合同。沃库尔斯基在自己和她的对比中,能够展现自己的特色,认定自己的活动范围。他想在她那里找新的相同之处,回到她那里去。因此他从俄国回来之后,就到她那里去,要以新的面貌见她。最后也可能出现这种令人烦心的问题:沃库尔斯如果没有伊扎贝娜,会是个什么人?我们会不会喜欢他？他和伊扎贝娜的接触使他有了的一个人生的座右铭，这就是"全都为了她"。

伊扎贝娜也可能是个幽灵？根据这个比喻，D. J. 韦尔什认为，像女人这样的形象的"宏伟"的显像乃是幽灵在文学中的显像。韦尔什在《玩偶》中看到了这个永远缠身摆脱不了的爱情故事，一个男人和他的幽灵的难以处理的复杂关系。在《玩偶》中，这个男人把自己的幽灵附在这个女人的身上，他被毁灭了。

幽灵是典型的古老的"灵魂的图像"，反映了不同性别的人的心理感受。一个男人作为一个个体和一个种类的代表，在他的身上能够展现另一个性别的图像。简单地说，每一个男人都有他的夏娃，每一个女人也都有自己的亚当。[①]这种心理状况是难以察觉的，照心理学的说法，它是深藏的，就像那些根本意识不到，分辨不了，也体会不到的东西，只显现出它们的投影。每一个我们爱的人都有我们自己的特性，深藏着我们的灵魂或者我们的热望。因此沃库尔斯基第一次在戏院见到伊扎贝娜就觉得认识她：

[①] 见《C. G. 荣格的心理学》，J. 雅可毕，华沙，1993 年，第 156—157 页。——原注

她给他留下了一种特殊的印象。他觉得他以前好像见过她,也很熟悉她。他注视着她那梦幻般的眼睛,想起了西伯利亚极端宁静的荒原,有时候它静得连鬼魂西归的声音都听得见。① 后来,他又想起他从来没有在任何地方见过她,可是他又好像很久以来一直在等待她。

　　"你是不是我所期待的人呢?"他心里问道,眼睛却离不开她。②

这是一种魅力对人的控制,一种爱,一种神秘的相遇,充分地表现了形而上学的意义。

伊扎贝娜使沃库尔斯基产生了一种极端矛盾的情感,他的这种感受既强烈而又全面。我说"全面"是说这是一个离奇古怪的感情的整体的表现,一点小小的刺激便产生了一连串的反应。关于吻的天真的梦想首先使人几乎要高兴得晕过去,然后经过各种曲折又激起了愤怒,造成了失望。所有

---

① 这是波兰浪漫主义人诗人尤利乌斯·斯沃瓦茨基(1809—1849)的长诗《安亨利》中的情节。西伯利亚祭师和魔术师沙曼让安亨利的灵魂脱离了躯壳,回到了自己的国家。
② 见《玩偶》,[波]普鲁斯著,张振辉译,上海译文出版社,2005年,第92页。

的一切都在十几行里展现了出来。① 这就是最好的典型。

　　这样的片段我读过很多次,单方面的恋爱史会产生悲剧的情调,我对这有一种束手无策的感觉。众所周知,要发生的事没办法不让它发生。狼要咬死祖母,公主用纺锤扎伤自己,宝贝掉进池塘里,俄狄浦斯不自觉地要实现他的预言。我再读《玩偶》的时候,一种令人不快的感觉在某种程度上也会给人带来乐趣。如果不是这样,我不会再去读它。也因为这样,我也会去看悲剧。并不是要在这里发现什么新的东西,而是要认定,我们所知道的一切,都永远具有现实意义。

　　如果伊扎贝娜是个幽灵,那就应当认定她和沃库尔斯基的意识和习性是完全不同的。如果把他们加以比较,就会认为沃库尔斯基的精神世界要高一等,也更加完美,他是这个世界上最高尚的。而她却不是像贝娅特丽齐②那样,想去认识一些伟大的事物。她既不是朱丽叶也不是伊索尔德③,不具有英国亚瑟王朝神话中手捧圣杯的那个女人的圣洁。她

---

① 见《玩偶》,[波]普鲁斯著,张振辉译,上海译文出版社,2005年,第679页。
② 但丁在他的《神曲》中写了他年轻时爱慕的贝娅特丽齐引导他游历天堂。
③ 凯尔特人的神话中关于特利斯坦和伊索尔德的爱情故事中的女主人公。

并没有表现出一种要主动地帮助或者支持别人的意愿。她只是一个符号,是一面没有被触摸过的旗帜。她在沃库尔斯基心中占有一定的位置,要在这里明确自己的目标,但她除了显示自己的存在,并没有向沃库尔斯基提出任何建议。她本人的身份一直不清楚,没有定位,这里并没有她。

从那以后,他就很少想起他的铺子和书本了,而是不断地寻找机会,想在戏院里、在音乐会或者演讲会上见到伊扎贝娜小姐。他不愿把自己的那种感情称为爱情,他根本无法肯定,在人类的语言中,究竟有没有一个词能够表达那种感情的内容。他只觉得她已经成了一个集中了他所有的回忆、渴求和希望的神秘的焦点,变成了一团火,没有它,他的生活就没有风格,甚至毫无意义……

从那以后,时间对他来说分成了两个阶段:当他看见伊扎贝娜小姐的时候,他觉得他的心里很平静,就好像他的力量也增强了。如果他见不着她,他就会想她,思恋她。有时他还觉得他的感官有一种错觉:伊扎贝娜小姐在他的灵魂中并未占有中心的位置,她只是一个

普普通通甚至很普通的要出嫁的姑娘。可同时他却拟定了一个奇怪的计划:

"我先认识她,直截了当地问她,你是我这辈子所期待的人吗?……"①

有趣的是,对他的这个问题该怎么回答。第一个值得怀疑的是上面描述的这个伊扎贝娜到底是不是一个活生生的人。按照东方传统的说法,并不是每一个具有人形的生灵都是人。伊扎贝娜是一个永远封闭的世界,她只是在她内部那个狭小的圈子里活动,任何别的地方都不去,她要满足她二维的需要,创造她的空间。伊扎贝娜是一样东西,一个模型,一个玩偶,有诱惑力,但它的内部是空虚的。她就像立在路边的一个路标一样,只能够吓走麻雀。

沃库尔斯基有时候突然生气,但这种情况很少见到,这是因为他见到了伊扎贝娜的那个世界的阴暗面。关于她的那个世界,他以痛苦的心情说:

---

① 见《玩偶》,[波]普鲁斯著,张振辉译,上海译文出版社,2005年,第92—93页。

在那里,劳动被人看不起,荒淫无耻却占了上风!谁挣得了财产,就给谁戴上守财奴、吝啬鬼、暴发户的帽子;谁把财产挥霍掉,就美其名为慷慨、大公无私、宽宏大量。在那里,朴素被认为是怪癖,节俭是一种耻辱,渊博的学识等同于癫狂,有窟窿的衣袖象征艺术。在那里,你想获得一个人的身份,就必须有头衔加金钱;或者有本事,能够撞进贵族府邸的前厅里。①

伊扎贝娜和沃库尔斯基是完全不同的,这种不同的秘密也可能就在她具有的那种诱惑力上。伊扎贝娜干脆就是"伊扎贝娜的综合征",和"沃库尔斯基的综合征"的表现完全不一样。她认定爱情和某个世界的存在并不是人为的,这个世界本来就存在。人的基本要求应无条件地得到满足,这没有什么争议。我就是我。

因此最好不要问伊扎贝娜是谁,而要看她遮掩了什么。伊扎贝娜之外还有什么?

---

① 见《玩偶》,[波]普鲁斯著,张振辉译,上海译文出版社,2005年,第509页。

七 沃库尔斯基和热茨基，这是多么奇怪的一对

我们已经见到了第一个对立面：沃库尔斯基和伊扎贝娜。一个创造了自己，另一个是别人创造出来的；一个有一个过程，另一个只是一种状况；一个很现实，另一个不现实。

热茨基和沃库尔斯基又形成了另一个对立面。热茨基是一个席勒式的很天真的人[①]，他对他周围的现实比对自己

[①] 指德国著名作家席勒在他的小说《强盗》中描写的一个革命者卡尔，作者用他来和《玩偶》中的热茨基进行比较，认为热茨基的个性像卡尔。另外，席勒在他写的一篇《论天真的诗和感伤的诗》的论文中，也曾指出："每个真正的天才必然是天真的，否则就不是天才。就靠他的天真，他才成为天才，表现在智力和美学方面的天才，也必然会在道德方面表现出来。""天才以这种天真的优美表达其最崇高、最深邃的思想；那是出自孩子之口的神灵箴言。"见《席勒文集》第6卷，张玉书选编，张佳珏、张玉书、孙凤城译，人民文学出版社，2005年，第87、89和90页。作者用"席勒式的很天真的人"当然是对小说《玩偶》的主人公热茨基的赞美。

都更加敬重;这是一个崇尚历史的人,虽然他对历史根本不了解,只看到历史的表面;他以为拿破仑能够拯救他,只有参加民族解放斗争,参加起义和战争才能使自己得救。像热茨基这样的人,在某种意义上来说,是在历史上那种不断重复出现的人。他是历史的炮灰,他总是想着别人,并没有意识到自己的痛苦。他容易激动,也是一个总是需要别的人才能够存在的人。如果没有别的人,他不可能存在。这也是一个和人们,和舆论,和地方都有密切联系的人。

热茨基是一种包括人们不论在什么时候和什么地方所进行的活动,所产生的意识、思想和感情,以及对一切事物和宇宙、世界的认识的独特类型。过去发生的事,过去的思想、感情和行动在他那里都留下像宇宙一样永远不会消失的印迹。热茨基什么都记得。他父亲临死的时候,躺在床上对他说:"要记住,记住这一切!"[1]他很天真,也很幼稚,一字一句都记住了。他要让时间来证明他的经验是否正确,但他记得的都是一些不重要的小事,什么也说明不了。在他的日记中,就像普通的男人一样,写过战争,写

---

[1] 见《玩偶》,[波]普鲁斯著,张振辉译,上海译文出版社,2005年,第22页。

过历史,还有左翼、右翼,这个将军,那个将军,打击、攻打、侧翼军、后备军都写过。他离不开历史,因为他认为自己就是历史中的一个小颗粒。他要不断地对历史进行评论,祈求。他相信他对历史的发展是有影响的,因为他做过好事。他已经被囚禁在历史中,就像秘密躲藏在琥珀中的一个小虫子那样。他对任何一个超历史的社会秩序都不感兴趣,而且他也肯定不会相信这种超历史的社会秩序的存在。他还记得敌军军服的颜色,记得他的朋友那震动人心的死,但这都不会改变他的决心。热茨基说,如果年轻一点,他会再一次走上战场。

沃库尔斯基是个新人,是一个席勒式的感伤的人。他对这个世界来说是个外人,和他自己也不一样。他是一个特殊的个体,没有第二个像他这样的人。他超越了历史,因为历史使他感到失望,历史对他来说没有任何意义,也不能引导他去任何地方。这个人认为有一种高一等的社会秩序的存在,他也知道这种秩序不会让他直接享有,但他一定要进入到它里面去。

这是一个很集中地表现了自我的人。他要寻求个人所要达到的目的,他是一个孤独的人,他也意识到了自己的痛苦。今天我们会说,从他的表现来看,他是一个神经官能症患者,他总是纠缠于自我,他是一个现代人。

八 《玩偶》的宇宙,机构

1. 发展的思想遇到危机感到痛苦,这好不好?

危机触动了《玩偶》的主要人物,是他们产生心理变化的发动机。

危机总是要打破内心的平衡,过去我们的某种状况①本来是很好的,可现在不行了。但又出现了新的东西,虽然还不很清楚是些什么,却很吸引我们。一个人知道了他早先不知道他能够做的事和有的愿望,他对新的东西很感兴趣,又

---

① 原文是拉丁语。

深知这么做有危险,因此他犹豫不决,心理失去了平衡。这也是他有意要保持的这种状态,因为这能清除一个人发展和前进道路上的所有障碍。但是在这一过程中,就像大自然的发展一样,没有什么特色,危险就表现在它不会有什么特色。一个旧的外壳如果已经破了,它就不能起保护作用。新的形式还没有出现,或者即使出了还很脆弱,不太成形,这就一定会出现危机,很危险的危机。

对热茨基来说,这种危机就是战争。参加战争是他生活的一半,回到国内后,他变成了另一个人,他自己也觉得和过去完全不一样。热茨基根据他的经验要构建一种新的生活方式,但是他只能采取最简单的办法,战争的创伤和友人的死去使得他失去了生活的奢望。可以这么说,热茨基过去害怕生活,根据他的经验,他本来会有一个转变,再次使他的整体达到一个更高的水平,但是他的这种要求过于强烈,实现不了,结果他反而要把自己藏起来。他倒在地上,陷入了神秘的政治梦想,以为会有一个救世主使他能够解决所有的问题,既解决大的社会问题,也解决他个人的问题。

沃库尔斯基的危机具有另外一种性质,因为《玩偶》的这个主要人物的基本特性表现在他有一个强烈的愿望,他要变成另外一个人，但他认为，他的现状①并不是真正的他。能够给他提供的机遇面太狭窄，也不便于采取行动，他相信会有真正属于他的机遇和可能性，使他能够更好地利用。他总是不断地问自己"我是谁？""我会是谁？"这些问题的提出会促使他产生内心的变化和动感。外部世界也是一种工具，可以用来完成他的这种转变。

思想上的危机能够促使某种转变产生，因为在这种危机中能够看到在发展中一定会有一些过渡的阶段，这种发展也要采取某种方式，因此这也是采用某种方式的过程，等到采用的这种方式不行了，就要有一种新的更好的方式，它的发展也会达到新的更高的水平。每一个瓦解的过程都会使一个人内心感到危机的存在，在这种情况下，他就会最大地集中力量，在下一个阶段创造另外一种形式。大部分关于个性发展的现代理论都是根据这种哲学思想形成的。

在心理学上还谈到了一个人在他的生命的一半中出现的危机。这就是当一个人快要完成某一项社会事业，他的这个具体的单个的"我"在这里起到了自己的作用之后，他又

---

① 原文是拉丁语。

要开始完成一项新的任务,完成一项在精神上的超个人的事业。不要怕用"精神上"这个定语,它并不是说这里有一个具体的转变和脱离这个世界。精神上是说我们每个人都有的一种潜在心理状态,它的主要表现是要问一个人的存在有没有一个整体的意识。这个整体的意识不是说"我是谁?""我能够是谁?"而是说"这一切说明了什么?""我的任务是什么?""为什么我是这样的?"许多过了四十岁的人因为对这些不清楚,会感到有危机,心神不安。如果这么去看沃库尔斯基,我不会同意托姆科夫斯基很随便地认为他得了神经官能症的看法①。我以为小说中的这个英雄人物就在他的生命的一半中出现的危机的中心。

2. 浪漫主义是一种病吗?

给《玩偶》写序言的人说,对热茨基和沃库尔斯基来说,如果不让他们继承浪漫主义的遗产,那么热茨基只有成天混日子,无所作为,而沃库尔斯基就会更加贪婪地聚敛钱财。

---

① 见《普鲁斯的得了神经官能症的人物》,J. 托姆科夫斯基著,载于《文学回忆录》,1986 年第二期。——原注

《玩偶》中的浪漫主义是一个很特别的东西,我不能肯定,浪漫主义对于普鲁斯和他所刻画的那些意识面更广阔的人物,还是对于我们来说,是否都具有同样的含义。有一种不很明确的说法出现过多次,认为那些患了浪漫主义病的人对他们周围发生的一切都有更深切的感受,他们懂得周围发生的一切。浪漫主义也可能是对某种东西的一种认识和理解。它会大大地丰富我们的经验,充分地体现在我们的经验中,有集体和个体的经验,政治的和个人的经验。那些没有接触过作为一种痛苦的自我意识的浪漫主义,而只是让它在自己身边显现了一下的人,只会把它写在纸上,他们对生活不会有更加强烈和深刻,也更戏剧性的感受。

可以以心理学的观点,来说明"浪漫主义"是一种在心理上对于世界的感受和反应。这是一种特殊的敏感,一个人有了这种感受,就敢于坚持自己的真理,认为自己有权在这世界上显示自己的存在。他能够超出那个特定的现实,走向未来(像奥霍茨基那样)或者回到过去(像热茨基那样)。或者能够大胆地按照自己想象的方式来安排生活。今天我们说,这就是实现自我。杜绝那种极端平庸凡俗的生活方式,对现实的规律、原则和意义都有明确的认识(像奥霍茨基和舒曼①那样)。浪漫主义意味着献身于超出个体的事业,但另一方面,也意味着对抗那些来实现自己的愿望(浪漫主义的悖论!)。最后还有把浪漫主义理解为"沃库尔斯基的神经官能症",总是要不断地和别人比较,虽不一定自觉,但很明显地表现出对别人的支配欲。但我感到不安的是,这种浪漫主义有一种和什么对抗的倾向,觉得生活在这个世界上"不方便",要离开这个世界。它有一种幻想,要对什么进行挑衅。小说中描写沃库尔斯基参加文茨基②家的宴会,用刀和叉子挑鱼吃,但在社交场合这不合规矩。小说写得很风趣,也很形象,生动地表现了人物的这种状态。③

---

① 都是小说《玩偶》中的人物。
② 伊扎贝娜·文茨卡的父亲。
③ 可见《玩偶》,[波]普鲁斯著,张振辉译,上海译文出版社,2005年,第298—299页上的描写:
  端上了鲈鱼,沃库尔斯基用刀和叉子双管齐下,弗洛伦迪娜小姐差点晕了过去,伊扎贝娜小姐怀着一种宽容的同情心望着她的这位邻座,托马斯先生也开始用刀和叉子吃起鱼来。
  "你们是多么傻呀!"沃库尔斯基想。他觉得他对这些人很藐视,再加上伊扎贝娜小姐又对父亲说,虽然这是毫无恶意的:
  "爸爸,您要不要教教我怎样用刀子吃鱼啊!"
  沃库尔斯基觉得这句话简直俗气。
  "看来,饭没有吃完我在这里还是别谈恋爱的事为好……"沃库尔斯基在心里对自己说。
  "我亲爱的,"托马斯先生回答女儿说,"不用刀子吃鱼,倒真的是因为有一种偏见……我说得对吗,沃库尔斯基先生?" (接下页)

但我们看到普鲁斯在他的《每周记事》上表现出的那个样子是令人惊奇的。他在那里是一个实证主义的歌者,认为实证主义宣传的是一种进步的思想,代表一种科学和理性主义的力量,要求人们进行有益于健康的劳动,保持平静,不要过于冲动等等。但他创造的两个主要的英雄人物热茨基和沃库尔斯基就好像和他宣传的这些口号是对立的,因此给人一种印象,普鲁斯的人物很活跃,他们的言行并没有受到

(接上页)
　　"有偏见?……我不那么看,"沃库尔斯基表示反对,"这只是把一种习惯从适合于它的环境移到了不适合于它的环境。"
　　托马斯先生在椅子上感到不安地动了起来。
　　"英国人认为这是不守规矩……"弗洛伦迪娜小姐郑重地说。
　　"英国人吃海鱼,用叉子就能吃;我们的鱼刺多,他们大概就要用别的办法了……"
　　"哦,英国人从来是守规矩的。"弗洛伦迪娜小姐为自己辩护。
　　"不错,"沃库尔斯基说,"在一般的情况下,他们不违反规矩,可是在特殊情况下,他们却坚持这样的规矩:怎么方便怎么做。我亲眼见过一些很讲礼貌的爵士,他们用手抓羊肉炒饭吃,还干脆凑到锅去喝肉汤。"
　　这堂课很俏皮,但托马斯先生还是听得很满意,伊扎贝娜小姐几乎大吃一惊,这个和爵士们一起吃过羊肉,而且大胆地提出用刀子吃鱼的理论的商人,在她的眼中变得高大了。谁知道,也可能她还认为,这件事比跟克热索夫斯基决斗更重要呢!
　　"这么说,您反对礼节喽?"
　　"不,我只是不愿做礼节的奴隶。"
　　"不过在社交场合中,礼节总是要维护的。"
　　"那我不知道,但我见到过最上层的社交场面,去那里,在某些情况下,礼节甚至被人忘了。"

作者的监视，而且他们提出的观点和他是对立的。愈是深入地研究一个文学作品中的人物，就愈是不能对他们做单方面的理解——文学作品的人物形象刻画要有"复调和声"[①]。

浪漫主义如果从心理学的角度来理解，它表现了一种反对现实的态度，要进行革命性的变革。这是一种有益的分解，一种"健康的神经官能症"，对那些肤浅的东西、表面世界表示否定，也可能是一种个人主义早期的表现形式，预示了二十世纪的人——新人——是个什么样子。

[①] "复调和声"是波兰当代著名哲学家和文学理论家罗曼·英加登（1893—1970）在他的代表作《论文学作品》中提出的一个美学观点。他认为文学作品的结构中具有四个层次，"由于每个层次的素材和功能不同，这就使得一个文学作品的整体不是单一类型的质的造体，就其本质来说，具有复调的性质。这就是说，每个层次在这个整体中都以自己独特的方式显现出来，并把自己某种特殊的东西赋予整体的总性质，而且不破坏这个整体的事实上的统一。"文学作品中各个层次互相配合，便形成了所谓的"复调和声"，在复调和声中，"审美价值质就成了五颜六色的光线，照亮了再现客体，通过我们的审美思考去体验它，使我们感到被一种特殊的气氛所笼罩，使我们陶醉、欣喜若狂。读者的这种激动和振奋的根源，就是体验到了复调价值质的一种主体的对应物，它们大都是属于客体的东西，是文学的艺术作品的层次价值的体现"，也是作品最终审美价值所在。以上引自《波兰文学史》下册，张振辉著，上海外语教育出版社，2019年，第423页。

九 《玩偶》的宇宙，三种主要的万有引力

1. 异己

"异己的"是指不属于我们知道的这个世界的，不是从它那里来的东西。

"异己的"是一种很奇怪、不可理解，只出现了它的不清晰的投射的东西。可以以各种不同的方式去对它进行观察。一种不清楚是什么的东西一开始只能出现它的投射，只有我们熟悉和了解的东西才会有清晰的图像。如果是我们不熟悉的东西，总是各种各样，没有经过整理，自然处于混乱的状态。我们如果对它们不了解，对它们就无法想象，因此我

们就要有一个大家熟悉的衡量的标准。

投射是一种心理机制,把内心没有意识到的东西当成看得见的客体展示出来。我看不见这个客体本身,但我又见到了它,因为我想要见到它,在心理上表现了某种期盼和等待,也感到害怕。这种复杂的心理状态只有一个例子,伊扎贝娜第一次见到沃库尔斯基时有过:

> 这是无法用一句话来表达的,就是用一百句话也说不清楚。他跟谁都不像,如果要拿他跟什么东西比较的话,那就只能跟地区相比了。你在这个地方整天走来走去,你会见到平原和高山、森林和牧场、河流和沙漠、乡村和城市。……
>
> 这个人既粗暴又无耻,他靠一些可疑的投机取巧发了财……那是一个既狡猾又厚颜无耻的商人,他在店里却装得像个倒了霉的大官似的。[①]

稍后又说:

[①] 见《玩偶》,[波]普鲁斯著,张振辉译,上海译文出版社,2005年,第268—269页。

如果这个人享有的不是那个商店而是一大宗地产的话，那会是很体面的；如果他生下来是个公爵，那一定具有迷人的俊美。①

这个陌生的世界对他来说好像很奇怪，不可理解，因此只是一个投射：

"这就是我，就是我吗？"他感到奇怪地问自己，"那些我过去喜欢的东西现在使我感到厌恶。周围成千上万的穷苦人在寻找快乐，我这个阔富人到底享有什么呢？……除了苦闷就是无聊，无聊，苦闷……我本来可以得到我曾梦寐以求的东西，但我却什么也没有得到，因为我曾有过的渴望已经不复存在了。"②

这种不仅和别的人相互之间不理解，而且对自己也不理解的状况，使得这个异己成了一个外国人，他是从外地来的，一个旅客和参观者。他自己对一切都毫无防卫，他是一

---

① 见《玩偶》，[波]普鲁斯著，张振辉译，上海译文出版社，2005年，第270页。
② 见《玩偶》，[波]普鲁斯著，张振辉译，上海译文出版社，2005年，第144页。

个孤独的人,他不认识这个他很陌生的国家,因为他不了解,他在这里迷了路,只能在这些崎岖难行的小道上徘徊。

要认识这个世界只能慢慢来,一定要忘记自己的异己性。认识一个世界就要忘掉自己真正的本性,你愈是置身于这个世界,就愈是忘掉自己的存在。这是一条路。

另一条路和这相反,开始把要认识的这个世界当成一个流放的地方,感到这个地方非常异己。这是一条直接走向醒悟的道路。我们又来到了维斯瓦河边,来到了巴黎,小说的故事情节在这里发展到了高潮:

> 可现在他好像有一种新的感觉:每个衣衫褴褛的人都在向他呼救。由于他没有说话,只是以恐惧的眼光望着他们,就像那匹断了腿的马一样,他们的呼救声显得更大了。在他看来,那洗衣妇是个苦命的女人,用她一双被肥皂水泡坏了的手拼命地干活,使她的一家不致陷入贫困和破落的境地。那些可怜的孩子都注定夭折,或者注定要在好街附近的垃圾堆上,度过他们的日日夜夜。①

---

① 见《玩偶》,[波]普鲁斯著,张振辉译,上海译文出版社,2005年,第103页。

于是他回想起了一大批衣衫褴褛、骨瘦如柴而又不断地寻找工作的人们，瘦骨嶙峋的马，饥饿的狗，剥掉了树皮的树和断了的枝丫。这一切他都遇见过，可是没有留下什么印象。直到他个人的剧痛在他的心灵上耕出了田畦，在这块田畦上用自己的血施肥，用所有的人都看不见的眼泪灌溉，才生长出了珍奇的植物：一种对所有的一切——人、动物，甚至我们称之为无生命的东西——的普遍的同情。①

异己性也是一种高尚品德的表现，它是力量产生的泉源。这种泉源在隐秘的生活环境中是看不见的，只有一些人（这些人自己也处于沉睡的状态，自己不认得自己，对自己就是异己），像热茨基、老公爵夫人②、奥霍茨基，才会感到这种异己的伟大。

沃库尔斯基被看成是异己有几个原因。一是他的社会地位低，二是他去过俄国，三是他的思想观点和活动被认为不合传统的应当遵循的价值观，例如有人认为他没有爱国心

---

① 见《玩偶》，[波]普鲁斯著，张振辉译，上海译文出版社，2005年，第104页。
② 小说《玩偶》中的人物。

（和俄国做生意），对和犹太人处理关系缺乏警惕。

沃库尔斯基把自己也看成是异己。他出于本能地寻找"自己的世界"，感觉到它是存在的，但他反对"这个世界"。在他的想象中，会有一个更加美好的现实，它会出现在尚不明确的未来中。这是一个什么样的现实，要有科学发现才能够认定。他也可能以为，他在某些基础上或者巴黎的市区图上发现的"这个世界"的下面，有一种理想的秩序。

有了异己性才有可能和神对话。异己性因为很痛苦地感到和现实世界有距离，它的视野更加广阔，看得更多。异己性是一个标示，一种选择，是一条道路的起点，正是由于异己性才产生了异己，它是一开始就有的。异己性是主显圣容节①，可以得到神明的帮助和启示，异己性属于人的生活的上层。异己性使一个人知道，他并不属于他以为自己所在的这个地方，他属于他想不起来的那个地方。

---

① 亦译"耶稣显圣容日"，据《圣经》载，耶稣带领彼得、雅各和约翰到高山祈祷时变了形象，"脸面明亮如日头，衣裳洁白如光。忽然有摩西、以利亚向他们显现，同耶稣说话。"见《马太福音》第十七章。教会规定八月六日为此节。

2. 虚荣

虚荣是一个很引人注意的词汇,它在许多语言中都有三种含义。在波兰语、拉丁语和英语中,一方面是指"眼光短浅"。像词典中说的自我夸耀、虚伪、杜撰、装模作样。另一方面也指一个人没有成果、白白地耗费了一生,内心空虚,一个东西内部的空虚。

和这个空虚有联系的是我们今天称之为自命不凡的东西。爱只反映在镜子的表面,看不到它的根源,除了爱自己,并不爱别人。

我想,和虚荣相反的是什么呢?那就要继续从另一方面找一个具有完全不同的概念的词来加以说明。每一个词都有它的反义词,只有把它们连在一起,它们的意思才会很明确地表现出来。

虚荣说明缺少什么东西,一个空的、虚设的地方以前有过,现在被取消了,没有了。虚荣是说一样东西不论外部还是内部都是空的,也就是说不论外部还是内部都不存在。

和虚荣相反的是"充实"。是充实的就不会空虚。还有另一个对比,就是深入到内部,特别是内部和表面的关系,表面是一种空虚的基本的表现。

埃克哈特大师①认为内里有一个裸露的灵魂,是深藏在人身上的一幅上帝的图像。这是人的本质,它的存在不受外部世界的影响,是人的生命的精华所在。埃克哈特喜欢运用各种比喻,说得洞察深微。人的内心深处有一只灵魂的眼睛,还有外相,源流,种子。一个内涵丰富的人是一个自由的人,没有拘束,善于接纳。埃克哈特大师认为深入到内里才有广阔的视野。这个广阔的视野、期盼,以及对事物的认识和掌握表明了一个人对世界的态度。一个思想深刻的人对世界有新的看法,他不会以各种各样的说法对世界进行曲解,而总是要还原它的本色。而虚荣却要把世界当成它利用的对象。它要吞食这个世界,用这个世界来填补它的内心空虚。

一个思想深刻的人也是什么都有很集中的表现的人,他看到了一切可能性的存在,因为上帝认为,一切都有可能发生,上帝不是"我知道",不是"我想",也不是"我有"。集中应当理解为一个人复杂的内部结构的一体化。埃克哈特就

---

① 埃克哈特大师(1260—1328),德国神学家和神秘主义哲学家。

像一个新时代的心理学家,他认为人是有等级的,等级最高的是那个思想深的人,真正的人,有精神的人。这种人会展示一幅上帝的图像,在他的身上有精神世界、智慧和理智,还有他的躯体和感觉。躯体和感觉在他的身上是最下等的。罪恶就是要使人体这种有秩序的美好结构处于混乱的状态,因为每一个等级的存在都是有规律的,使某一个人走向不同的方向。集中——这种健康的心理,根据形而上学的理解,表现了一种真实的状况,归根结底,也是一种生存的状况。

爱虚荣的人没有灵魂,这种人的一个重要的特征就是不能够移情,也没有同情心。同情就是能够把别人当成是自己,这是很难做到的。和它相反的是把别的人看成是第二个人、另外一个人。同情就是说对别人有同样的感情。一个人对别人有同样的感情就不会爱虚荣,他一定有一种激动的情绪。这种情绪的产生也是针对另一个人的。

我们在提到伊扎贝娜时,也很难说她爱虚荣。在伊扎贝娜那里,因为没有移情,她显得很滑稽可笑,有时候她好像很有趣,有时候又很可怕。沃库尔斯基和克热索夫斯基男爵[①]决斗之

---

① 小说《玩偶》中的人物。

后,"对男爵的受伤,她感到高兴,但奇怪的是,她为之悲哀的沃库尔斯基却没有死"①,"如果沃库尔斯基能够察觉到她心里在想些什么,他就会感到害怕地逃避,他的痴迷症就会治好了"②。小说的叙事者是这么说的。因为人们凭直觉就能感觉到,一个人如果不会移情,他只能是人的一部分。

伊扎贝娜对这个世界的了解都是她从别人那里听到的,或者是某个称为世界的集体对这个世界的评价。这些都是一些看法、预料、评价和判断,它们产生的根源都会表现出来。伊扎贝娜不是一个能够创造自己的价值世界的人,她只能接受别人的观点,把它变成自己的。我们已经谈到了她是以什么不同的方式对沃库尔斯基进行评价的。

一个人爱虚荣,他就只能看到现实的表面,把现实当成是演戏,把一切矫揉造作的表现都当成是很自然的。

伊扎贝娜的情绪有两个极端的表现,如果她的愿望得到了实现,她就会感到满足,也很满意;如果有人反对她,她就会感到不安,就会生气。她就像钟摆一样,总是两边摆来摆去。

---

① 见《玩偶》,[波]普鲁斯著,张振辉译,上海译文出版社,2005年,第280页。
② 见《玩偶》,[波]普鲁斯著,张振辉译,上海译文出版社,2005年,第279页。

3. 爱情

这个词一定要放这里,没有别的选择,因为《玩偶》首先是一部关于爱情的小说。

我以为爱情这个概念是无法穷尽的,可以有各种不同的理解,也可以用在各种不同的语言中。它在说明什么事的时候,不会把这件事说得最重要,人们对爱情本身,也没有下什么定义,但是大家都知道爱情是什么意思,也能够感觉到爱情是什么东西。如果说对爱情是什么虽然没有下什么定义,但是大家都知道这是一个什么概念的话,那是因为每个人都有自己的生活经验。爱情是一种驱动的力量,就像饥饿要觅食一样,这个词不管是在什么文化背景下,也不管是在什么语言中,都是有用的。一方面,爱情能够起到一种互通信息的作用,使不同的存在之间有了联系;另一方面,爱情也具有感情的色彩,它是一个人的本性,是他的积极性的表现。《爱的颂歌》(圣保罗给哥多林的第一封信)甚至说明了爱情不论在什么情况下都是一个人能够事实上存在的基本条件。一个人没有爱情就是空虚的,残缺的,就不是人。

人们总是认为爱情要接受主观意志的监督。如果不爱这个人,就不能要求这个人爱自己;如果爱了一个人,也不能对他说:"你不要爱!"爱情会产生,也会自动地消失。爱情的出现总是表现得非常强烈,而且十分狂妄自大。爱情是一种使命的力量。爱的礼物不受人的监督。文学和艺术作品所包含的大部分的题材中,都有爱情的描述。

爱情有一种力量。这种力量不是来自我们这个世界。它是一种神的力量。今天,我们理所当然地认为有低等的爱情、高等的爱情和精神上的爱之分,但是在古代就没有这种明显的区分。那个时候,信教就是把自己和神混为一体,在《雅歌》中,耶稣就是一个新郎。因此爱情代表神的意志,有一种非常强大的驱动力量。它的产生不决定于人的意志和生活条件,它是一种神的力量,它属于上帝,甚至表现了一种基本的神性。

奇怪的是,奥卡姆[①]以前说过,整个上层建筑的概念用一个词就可以表达,这就是"爱情"。但是人们对这有许多不同的解释。为了弄清楚这种混乱的情况,我们至少可以用

---

① 奥卡姆(1285—1349),英国逻辑学家,基督教方济各会修士,曾提出奥卡姆剃刀理论。

下面这些形容词来说明爱情,如母爱、宫廷里的爱、骑士的爱、对祖国的爱、柏拉图式的爱、至死的爱、丑恶的爱、昙花一现的爱。

此外它还有更多的意思。非常明显,也是基本的意思,十分美好的概念,这就是同情。这里说的并不是在西方缩小了的那个概念,只说明了一个幸福的人和另一个较为不幸的人的关系,而是说相互的同情,生活在一起,两者的关系是这么密切,以至消除了"我"和"非我"的区别。这种同情也表现得很强烈,和爱一样。对自己的痛苦有很深的亲身感受,也了解别人的痛苦,也就是同情大家共有的痛苦。说"像爱自己一样爱自己亲近的人!"这难道不是同情最本质的表现?当沃库尔斯基认识到了要对所有需要治病的人表示同情的时候,他就知道他的这种同情已经超越了他对维斯瓦河边的伊扎贝娜的爱。

沃库尔斯基对伊扎贝娜的爱是什么?这肯定是一种近乎幻想的爱,因为沃库尔斯基爱上伊扎贝娜的时候,根本不了解她。那么对爱的对象一定要有所了解才能够爱吗?也不一定。沃库尔斯基只是喜欢他随身带的伊扎贝娜的那张画像。

实际上，我们应当注意的不是一些人怎么样，而是我们怎么去看他们。我们看见的人往往不是他们本来的样子，因为他们看起来实在太复杂了，而且是自相矛盾的。在恋爱中，我们见到的都只是投射，这就是说，对方的影像是按照我们自己的要求和期待，在自己的想象和幻想中展现出来的。沃库尔斯基爱上伊扎贝娜时，并不了解她，只在戏院里见过她一面。但他一直爱她，而且越来越富于戏剧性。他跟她只谈了几次话，都是在公开的场合，只展现了一些外表的姿态。他们俩出身于两个相距这么遥远的世界，好像也没有能够相互理解的共同语言。把俄国金币作为善款，扔到托盘上，不论沃库尔斯基，还是伊扎贝娜，都感到很痛苦。他们痛苦也不是出于同样的原因，这是在演一场社会和文化的哑剧，戴了面罩，演不同的角色，因为没有别的相互沟通的办法。沃库尔斯基爱，但他不知道他爱的是谁，而且他对这种爱也并不十分在意。

我读过描写爱的心理机制的书，不过不是写相互的爱，而是单方面的爱。爱的一方把他爱的人看成是他生活中一个有强大的支撑力量的组成部分，能够给他所需的能量。如果处于平衡的状态，也就是说这种爱情是来自两个方面而不是单方面的，那么恋爱的另一方也会这么去看对方，会给予对方所需的能量。如果爱的一方得不到对方给予的能量，他会感到自己毫无价值，他会生病，想要自杀。这是一个很简单的道理。

单方面的恋爱，它的对象不管是自觉不自觉，都是一个吸血鬼，伊扎贝娜正是这样。沃库尔斯基爱上了她，结果她把他毁了。

我们知道，这种恋爱的历史就是一段盲目的痴情的历史，但好像只有这样的爱情在文学中才具有永恒的价值，因为文学要描写的就是人类痴狂的历史。文学感兴趣的总是那些不符合规范，不典型的东西，或者不平衡的和内部不和谐的状态。我们只要看文学作品中的人物，就会发现他们无一不是那么痴迷和疯狂的。人就是这样，这就是人类的本性，改变不了。而双方的爱情、家庭的幸福、取得成就和日常生活，也就是说那些最常见和最现实的东西都成了一些表面现象。在文学中只有展现不常见的例外才是合乎规律的。

《玩偶》中描写的与其说是爱情的发展，还不如说是从爱情这种奴役中的解脱。主人公的恋爱具有自发的性质，是一个痛苦的过程。他自发地参与其中，没有想到以后会有什么结果。在小说第二卷《麻木的灵魂》这一章中,沃库尔斯基想要自杀未成。他怀疑自己意识控制的能力,陷入了消沉,感到很痛苦。他想以自杀来摆脱这种痛苦的爱,这就像把婴儿和洗澡水一起倒掉,但他有幸得救了。伊扎贝娜像浴盆的水一样,流走了。沃库尔斯基这时产生了一种幻觉,他好像看见了一个女人的雕像在云中消失不见了①。"他不懂这是指什么。但他觉得,那雕像上有一股伟大的充满了宁静的气息涌进了他的心中。"②

这么看来,爱情是一个真正的巨匠,它能够创造出不同于自己的东西。

---

① 沃库尔斯基"眼前突然出现了一个幻象,仿佛这栋房子是一个很大的台阶的第一级,那台阶的顶层上耸立着一尊直入云端的雕像。那是一个女人的雕像,她的头和胸脯都看不见,只看得见青铜雕的裙子的褶子"。见《玩偶》,[波]普鲁斯著,张振辉译,上海译文出版社,2005年,第774页。
② 见《玩偶》,[波]普鲁斯著,张振辉译,上海译文出版社,2005年,第774—775页。

十 《玩偶》的大宇宙，世界的多样性

《玩偶》中的世界分成了那么多的部分,奇不奇怪？它的主要和次要人物也都是这么分开的,似乎只有这个办法,才便于分析研究和理解小说中展示的现实发展规律。先将作品的一些层次分开,然后形成一个有等级的整体结构,这是最常用的分析和研究的方法。

研究家们认为这个世界上有各种不同的社会现实,很复杂。有的现实性表现得很充分,有的就不那么现实。它们相互之间有的距离很近,有的则远一点,使人感到对于这种社会现实可以进行更加全面的形而上学的分析和研究。这是一个最普通的尝试,不仅可以充分地了解这个世界的复杂

性,而且也会认识到它的活动规律。这是一个理性的思辨,能够找到在对那些在心理和伦理道德上提出的问题的回答。比如人为什么有不同？为什么一些人对什么都能很快理解,另外一些人又很难？为什么有不公正？为什么一些人生出来就很漂亮,很富有？另一些人生来就很丑陋,很凶恶？有一种不很明显的感觉,就是我们生活的这个现实是多种多样的,它反映了各种类型的心理活动,在这里也出现了神话和宗教信仰。

文茨基把这个现实干脆分为贵族的世界和普通人的世界。第一个世界属于被选定的阶级,贵族的出现不是大自然的产物,他们的先辈毫无疑问都是一些英雄豪杰,甚至是神明。不管怎样,达尔文的理论不能说明贵族,而只能说明低等的阶级,因为低等阶级和动植物一样,都是大自然的产物。贵族的任务是思考,他们因为了解过多的信息甚至感到痛苦。而低等阶级的任务就只有干活,为贵族阶级创造财富。文茨基的这个观点当然很幼稚,甚至是一种幼稚病。但是还有一种理论,认为大自然是人创造的,除了为人类服务外,没有别的目的。今天看来,这并不奇怪,两百年前就有这样的理论,用《福音书》上的话直截了当地说明了人对其他的创造物的统治地位。

伊扎贝娜看到了两种存在的状况,第一种高一等,第二种低一等。她对这种低等的存在表示同情,"如果他们注定要干活,那显然是因为他们罪孽深重"①。她这么想的时候,也是要弄清楚为什么会有这么明显的不公平的出现。她把这个低等的世界比成一个武尔坎努斯的王国②,它的内部有难以控制的强大的能量,就像古希腊神话中的"独目巨人在那里修炼雷电,会把奥林匹斯山劈得粉碎"③。这是一种本能的驱使。

那个高等世界可以说是一个花园,闪耀着美丽的光彩,很吸引人,在这里可以度过美好的时光,就是感到寂寞也很有意思。

盖斯特在巴黎向沃库尔斯基讲了他见到的各种各样的生存方式。他说:"在这个所谓的人类中,有许多仅仅具有人形的牛、羊、老虎和爬虫,它们和真正活着的人的比例,大

---

① 见《玩偶》,[波]普鲁斯著,张振辉译,上海译文出版社,2005年,第50页。
② 罗马神话中的武尔坎努斯就是古希腊神话中的赫菲斯托斯,火神,掌管火、火山、冶炼技术等。他的工场中有几个独眼巨人帮他冶炼,曾制造出许多奇妙的东西。他不但建造了诸神的宫殿,还制造了宙斯的王杖和神盾,狄俄尼索斯的酒神杖,阿喀琉斯的甲胄等。
③ 见《玩偶》,[波]普鲁斯著,张振辉译,上海译文出版社,2005年,第51页。

约是一万比一。"①有些生灵本来是动物,但它们披上了人皮;有些是真正的人,比空气还轻的金属是给真正的人的。盖斯特的科学研究有他的目的,我们看他是怎么说的:"自然界既没有坟墓,也没有死亡,只有各种各样的生存方式。采取一种生存方式,我们可以当化学家;采取另一种生存方式,我们只能当化学配剂师。这里的全部智慧表现在善于抓住偶然的机会,不把时间浪费在做一些蠢事上,要真的有所作为。"②这是什么?要好好地干!认识,认识!盖斯特就叫盖斯特,这毫不奇怪,盖斯特这个词德文的意思是精神。

人们对舒曼也是这么看的,但是他的思想悲观得多,他认为现实没有发展,停滞不前;这个世界很不好,看不到任何希望,也不可能有任何变化。这很像沃库尔斯基所表现的悲观情绪。他有过多次这样的表现,而且很快就表现出来了。舒曼认为有些人灵魂中的思想超前了好几年,可是另外一些人活着的每一天都只知道填饱自己的肚子,塞满自己的钱包。这好像是两种类型的人,两种生来就完全不一样的人。

---

① 见《玩偶》,[波]普鲁斯著,张振辉译,上海译文出版社,2005年,第491页。
② 见《玩偶》,[波]普鲁斯著,张振辉译,上海译文出版社,2005年,第505页。

这种不同的分类说明了一种不很好的真实情况：人与人都是用不同的材料做成的，因此也是不一样的；但这还没有完，因为一些人知道有这种不同，另一些人就不知道，前者对这有感受，更加清醒，站得更高。如果是这样，那就有真正的人，知道自己在这个世界上所在的位置。另一些人只是表面上像个人，他们什么也不知道，在思想意识上往往陷入一片混乱中。第一种人对第二种人也感到很陌生，但他们为了自己的安全，又要对第二种人表示亲善，希望在他们中把自己藏起来。第一种人已经苏醒过来，第二种人仍在昏睡。

《玩偶》的世界有等级，这里表现了一种东方的等级观念。在东方，宇宙被描绘成具有许多的等级，就像阶梯一样，一些具有不同水平的意识的阶梯。这些意识的世界很明显是分开的，它们之间没有中介，不能合在一起。这也是两个极端，两个等级：低等和高等，大众和被选中的阶级，昏睡和苏醒的人。

小说给人以这种印象，这个具有财产平均主义和民主主义观点的叙事者所介绍的人物，都总是想要绕过叙事者，说出自己的一些稀奇古怪的理论。

十一　《玩偶》的宇宙，没有女性的因素

　　我现在提醒读者注意,在这个称为《玩偶》的世界中,还有这么一种我觉得很特殊的情况,就是小说的主要人物都没有自己的母亲。

　　沃库尔斯基、热茨基、和伊扎贝娜·文茨卡的母亲是谁,我们都不太清楚。她们或者在分娩后就已死去,或者她们死的时候自己的孩子太小,不记得;因此在小说中,就没有提到她们。我们看到的是,这些人物的童年时代都没有母亲,而他们的父亲却很特殊,他们的性格都只有一个特色,就是十分顽固。沃库尔斯的父亲一定要在法院打官司,认为只有这样才能收回祖上失去的产业。热茨基的父亲对什么

都很痴迷,在他的一生中,只有一个人和一样东西是最重要的,这就是拿破仑和政治。伊扎贝娜的父亲文茨基是一个很不正常的大孩子,总是幻想自己家族过去的荣华富贵。

普鲁斯的这部小说中对女人的描写和男人相比,显得缺乏一个尺度,像对斯塔夫斯卡①或者扎斯瓦夫斯卡夫人②的描写就过于理想化,而男爵夫人克热索夫斯卡和沃库尔斯基的前妻玛乌戈扎塔·费伊费尔又很滑稽可笑。不管是第一种还是第二种情况都说明,《玩偶》——虽然有个像魔鬼一样的伊扎贝娜这样的主要女性人物——是一部关于男人的长篇小说。由于对女人和"世袭遗产"这种片面的述说,所以《玩偶》中的世界只站立在一条腿上。普鲁斯肯定知道这种不平衡,因为他在小说中,有点出乎意料地、简单地描写了一个真正的母亲王国,这就是充满了和谐、温暖和安全感的议长夫人扎斯瓦夫斯卡的王国。

扎斯瓦维克村是一个由女人建立和管理的,很明智也很平安的理想的国度。那里雇工的住房都非常干净,孩子有托儿所,老人有养老院,牲口也受到关照,饲养得很好。在这

---

① 小说《玩偶》中的人物。
② 即小说《玩偶》中的议长夫人。

里干活的农民都很满意,有一个农民在这里甚至养胖了,使沃库尔斯基感到很奇怪,因为他从来没有见过这么胖的农民。议长夫人扎斯瓦夫斯卡的出现就像阿拉丁的神灯[①],就像神的手指头,经过她的指点,使沃库尔斯基认识到了他在他的叔叔所创造的浪漫主义的历史和高贵中所起的重要作用和价值。由于她,他在别的人面前会展示一个很好的形象;由于她,他也会得到别人高度的评价。扎斯瓦夫斯卡就像一位善良的魔法师,她能把一只麻雀变成公爵夫人。

扎斯瓦夫斯卡,一位很聪明的老妇人,她很慈善,对什么都很通情达理。此外,她也不太讲究形式和规矩礼节,但她待人诚恳,从不强求对方,所以就连几头奶牛也认得自己的女主人,它们用一种近似于说话的低沉的哞叫声对她表示欢迎。

"'一个奇怪的女人。'沃库尔斯基望着那个老妇人,想道,她不但善于在动物心里激起对她的爱,而且也善于唤起人们的爱心。"[②]这个突然出现的童话般的理想境界真是令

[①] 《一千零一夜》中的一个故事。本书的作者在这里用阿拉丁的神灯和神的手指头比喻扎斯瓦夫斯卡,她既善良,又十分神奇,能给人们创造幸福美好的生活。
[②] 见《玩偶》,[波]普鲁斯著,张振辉译,上海译文出版社,2005年,第538页。

人感到意外。

在母亲的王国中，还有一个正面的女人形象，这就是卡齐娅·翁索夫斯卡①。这是一个阿玛宗人②，一个非常强悍有力的女人，她知道她想要做什么。她马骑得很好，话也总是说在点子上，但由于某些原因，她不愿做人的妻子。阿玛宗中的男人总是在她的周围，但和她保持了明显的距离。这个母亲的王国里的女人和一般寻求男人的那些女人不一样，她们和男人交往有别的难以理解的目的，她们自己对什么都很有办法。其中不是老妇人就是阿玛宗的女人。在这个母亲的王国里，女人都没有本应永远都有的性欲，她们的特性对男人也没有吸引力。一个男人来到这里就要哀叹，或者进行科学研究。他在进门的时候，要把剑和盾牌挂在吊环上，"我已经在钓鱼、采蘑菇，和女士们一起玩乐以及这一类的蠢事上浪费了两个多月的时间……我可是休息得很不错呀，这下子完全变笨了，我现在想认真地思考一下也思考不了啦……我丧失了我的能力……"③奥霍茨基抱怨道。

---

① 小说《玩偶》中的人物。
② 古希腊神话中的尚武善战的妇女族，居住在小亚细亚。
③ 见《玩偶》，[波]普鲁斯著，张振辉译，上海译文出版社，2005年，第572—573页。

奇怪的是,在这个女人的温柔的王国里,既能够休息,使人感到近乎无聊;又能够给人增添力量,对一个英雄人物真的有帮助。在这个"女人的王国",沃库尔斯基就像阿喀琉斯①穿上了女人的衣服,最后一次在赌博上获得了取胜的力量。

---

① 古希腊特洛伊战争中的英雄。

十二 盖斯特那里发生了什么?

盖斯特是一个不属于《玩偶》这个世界的中心的老人,一个近乎疯狂地从事科学事业的人,就像凡尔纳①想象的活生生的人物,一个十九世纪科学幻想气氛的小说中的人物。盖斯特不具有华沙人的个性,他这么说他自己:"我是盖斯特教授,是个老疯子,就像人们在大学和工业学校附近所有的咖啡馆里说的那样。我曾经被说成是一个伟大的化学家,但是在我超越了当时必须遵循的一些化学观点以后,就没有人这么说了。"②

---

① 凡尔纳(1828—1905),法国科幻小说家。
② 见《玩偶》,[波]普鲁斯著,张振辉译,上海译文出版社,2005年,第485页。

但小说在谈到沃库尔斯基的时候,说他这时面前突然出现了一个幽灵,"过了一会儿,来了一个非常瘦小、面色蜡黄的汉子,他头上连一根毛发都没有。'他大概有多大年纪?'沃库尔斯基想。"①

赫耳墨斯②有时候总是在不很典型的位置上。他还是个婴儿的时候,就从摇篮里爬了出来,偷了阿波罗③的一群牲畜,因此他和奥林匹斯山上别的神不一样。有时候,无法确定他是个什么样子,他一会儿是个孩子,一会儿又是个年轻人,但有时候又把他当成一个老人。赫耳墨斯是一个墨丘利式④的人物,很有生气,而且多变,就像水银⑤一样。有时候,对他的介绍又是另一个样:墨丘利是诸神的使者,永远不会衰老。

盖斯特知道或者只是感觉到沃库尔斯基的秘密,一半是

---

① 见《玩偶》,[波]普鲁斯著,张振辉译,上海译文出版社,2005年,第483页。
② 古希腊神话中奥林匹斯山的诸神之一。
③ 古希腊神话中奥林匹斯教最重要的神祇之一。
④ 古罗马神话中的能言善辩之神,也是诸神的使者。他就是古希腊神话中的赫耳墨斯。
⑤ 墨丘利的英文Mercury也有水银的意思。

想死①。死是他们俩谈话的关键,因此在这个人物的头脑中,就缠绕着一个关于魔鬼的想法。"沃库尔斯基几乎是惶恐地望着盖斯特。他脑子产生了一些问题:这个人是招摇撞骗,还是个密探,是个狂人,还是真的是个幽灵②?……谁知道,魔鬼到底是不是神话里的东西。它在某个时候会不会在人们面前显现出来?"③

在盖斯特和沃库尔斯基的谈话中,他一定要称沃库尔斯基为苏津先生,沃库尔斯、苏津,不管是谁,对盖斯特来说,和姓氏有关的外在的身份并不重要,更重要的是别的东西。

---

① 这里另一半没有说,实际上是说主人公沃库尔斯基看清他钟情的伊扎贝娜是一个庸俗的女子,而且她一直在玩弄和欺骗他后,决心要自杀,而他在自杀前还立下了遗嘱,大公无私地要把他的亿万家财全部分送给他认定能为他的祖国波兰的复兴做出贡献的人,以及他认识和有过交往的穷苦人。请看小说《玩偶》中的述说:"那是一份正式的遗嘱,在那上面,沃库尔斯基说明了他将如何安排他留在华沙的那些钱:其中七万卢布存在银行里,十二万卢布存在什兰格巴乌姆那里。在陌生人看来,这份遗产证明沃库尔斯基已经失去了自制的能力,但热茨基认为,这完全是合情合理的。立遗嘱的人还写明了,要赠给奥霍茨基一笔十四万卢布的巨款,给热茨基两万五千卢布,给海伦娜·斯塔夫斯卡两万卢布。剩下的五千卢布他要分送给他从前的仆人以及跟他有过交往的穷苦人,如文盖维克·扎斯夫的那个木匠、韦索茨基、华沙运货的马车夫、韦索茨基的兄弟,也就是斯凯尔涅维采的那个扳道工,他们各得五百卢布。"见《玩偶》,[波]普鲁斯著,张振辉译,上海译文出版社,2005年,第855页。
② 盖斯特,德文为Geist,有幽灵的意思。
③ 见《玩偶》,[波]普鲁斯著,张振辉译,上海译文出版社,2005年,第485页。

他对沃库尔斯基说:"您,苏津先生,无疑是具有人的特性的……"①根据盖斯特的理论,野兽也可以具有人形。有一个公报说:沃库尔斯基是个被选定的人,很了不起,他能承担自己的使命。

盖斯特在这里对沃库尔斯基的介绍,是要表示对他的认识,把他看成是一个真正的存在。这种认识也是要扩大对于自己和整个世界的认识,这纯粹是一种宗教信仰。这真是奇怪,我承认,在盖斯特和沃库尔斯基那个时代可能只有科学的认识。科学实验,在实验室一个人单独地工作,为人类谋福利,超越物质的极限,根据这种认识,便走到了现实的边界上。"比空气还轻的金属"②是一个离奇反常的象征,这当然不符合到那个时候为止人们认识到的世界发展的规律。如果真有这样的东西,那就要对这个规律进行审查。审查物质活动的基本规律实际上就是要否定世界的现实性。盖斯特没有给沃库尔斯基任何回答,只是给了他这个他不喜欢的礼品,因为这会使他提出一个问题:"什么是现实的?"这不

---

① 见《玩偶》,[波]普鲁斯著,张振辉译,上海译文出版社,2005年,第486页。
② 见《玩偶》,[波]普鲁斯著,张振辉译,上海译文出版社,2005年,第491页。

好解决,使他感到不安。

小说第二卷中,整个《幽灵》这一章讲的就是这个问题:什么是现实的?沃库尔斯基和盖斯特谈话,然后去看帕尔梅利教授表演他的催眠术,他就像持怀疑态度的沃库尔斯基说的那样:"要使通灵者相信那些不存在的东西。"①但是这个通灵者的表现却让人看到帕尔梅利的这种催眠术真的灵验了。即便这样,盖斯特在大厅里的讲课一开始,沃库尔斯基就认为:"看来所有的东西都是骗人的!"沃库尔斯基还很激动地得出了结论:"盖斯特的所谓发明和他的智慧,还有我的疯狂的爱,甚至连她也是骗人的!她不过是我那绝望意识中的一种幻觉……恐怕只有死才是最现实的,它不会使人误入歧途,它不会骗人。"②但是盖斯特就像一个真正的大师,他又否定了自己刚才的说法,他说:"你不要听我的!"他这么说,好像他对他的这个推荐的正确与否心里也有矛盾。

沃库尔斯基于是提出了一个现实性的问题,这是他至今深有感触的。

既然人的感官这么容易受骗,人的意识是这么容易陷入

---

① 见《玩偶》,[波]普鲁斯著,张振辉译,上海译文出版社,2005年,第494页。
② 见《玩偶》,[波]普鲁斯著,张振辉译,上海译文出版社,2005年,第495页。

错觉,那么我们平日的经验,我们对于现实的自发的感受还有什么价值呢？也许生命就一种自我的假设,而我们自己就是某种类型的催眠术家,要根据自己的恐惧和愿望创造一个现实？只要有一次出现了令人惊恐的怀疑,从此就会感到不安,每一种感受,每一个最小的认识过程都会染上怀疑的色彩。睡着了的人不相信他在睡觉,最好的办法还是苏醒过来。

沃库尔斯基真正的觉醒表现在他在火车轮下想要自杀时所出现的感受中。他这个时候发现,只有死才是现实的。

盖斯特就像一个精神的向导,他推翻了看起来最理所当然的一切,提出了从另外一个角度看问题。他的科学都是一些奇谈怪论：他要抛弃和你有密切的联系,也是你最信得过的一切,离开你看重的那个人,要把不能连在一起的东西都连在一起,抛弃你克服这么多的困难才得到的地位、权威,自己的"我",关于世界的思想观点。

盖斯特可以成为一个炼金术士。他在自己的实验室里做了数千次化学实验,他要创造物质,通过实验创造纯粹的奇谈怪论,要把两个完全对立的东西联系在一起——也就是那个比空气还轻的金属。他的这种炼金的目的有两个：第一个目的是要把不高贵的物质变成更有价值的高贵的物质，它的名字叫"黄金""万灵药"或者"贤者之石"。第二个目的,是要将基本物质变成精神,也就是"释放物质的灵魂"。

盖斯特的梦想是要找到比空气还轻的金属,这是他炼金的梦想。把重金属和很轻的空气这两种对立的因素联系在一起,这种对立因素的相连在炼金中叫神秘的结婚,这样就把原来的两个极端连在一起了,世界也得救了,原来很痛苦地分割开了的一切又连在一起了。现在所有的一切都从头开始,这是人中的豪杰要做的事,而不是人形的动物要做的事。

沃库尔斯基不愿相信盖斯特所做的一切,因为接受盖斯特的观点不仅要他改变自己的思想观点,而且也要他改变对自己和世界的态度。盖斯特认为金属比空气轻的这种奇谈怪论违反了今天我们应当遵循的自然规律,也没有提出什么新的东西。

魔术师帕尔梅利的催眠术和盖斯特的有分寸的影响使沃库尔斯基有了一个基本的发现,有了它他才能继续往前走：世界是一个幻想。我们所在的现实,在这里产生的激情、思想观点、社会体系和政治制度都是幻想。伊扎贝娜是个幻想。给我们提供的那个闹哄哄的"我"是个幻想,一个骗子用催眠术就能轻易骗了。只要使用催眠术,你就不再是你自己了!

盖斯特是一位使者,他告诉沃库尔斯基有一个更高的使命,他"从后面"拿来了一份献词——一封信,这封信认为沃库尔斯基不应当是个商人,不应当是个男人,也不应当是个波兰人、浪漫主义者,认为他是一个要扮演超越人生舞台的角色的人。盖斯特真的是一种精神,代表一个人的先验前意识的原则,他的发现包含了最重要的宗教信仰的经验。

十三　珍珠，沃库尔斯基想做什么？

现在我要把《玩偶》的情节简化一下，展现出它的基本框架。

它的主要人物想要获得他认为很珍贵的东西，也是他要得到的东西，这种愿望决定了他要采取所有的行动。他遇到过帮助他的人，这些人都会支持他；也遇到过他的敌人，他们会给他设置许多障碍。要达到他的这个目的是很难的，目标如果远离，难以达到，那么很快就会有变化。但是这个人很顽强，由于许多情况的出现，他在改变，变得成熟了，对自己和自己的愿望有了更明确的认识。

因此我们也对我们见到的这个童话，甚至神话有了很好的了解。一个鞋匠想要得到公主①,公爵躬身朝着睡梦中的公主②,沃库尔斯基在扎斯瓦维克村向伊扎贝娜表示了对她的爱。

但是沃库尔斯基的经历并不是童话中说的那样,他怀疑过他要达到的目的。小说中的文盖维克讲了一个童话故事,用来比喻小说中描写的一个著名的场面——沃库尔斯基一次在火车车厢的窗玻璃上看见了伊扎贝娜。文盖维克所叙说的这个童话故事打破了现实主义小说叙事的秩序。它的悲惨的结局令读者惊异,因为这里本来应该有个幸福的结局。文盖维克说:"爷爷小的时候,小河底上有一块很大的石头,像是有人用它来填一个洞似的。事实上那里真的有一个洞,它甚至是一个地窖的窗口,里面藏有全世界都找不到那么多的财宝。"③还有一位小姐睡在那里,她的头上插了一

---

① 波兰童话:说的是一个贫苦的鞋匠德拉泰夫卡,因为帮助了蚂蚁、蜜蜂和小鸟,得到他们的回报,从而完成魔法师的任务,救出被囚禁的公主,过上幸福的生活。
② 波兰童话:在一个王国里,有个公主出生了,国王在给她举行洗礼的那天,有个女魔术师说她生后的第十八天,会梦见一个纺锤被刺破了,从此长眠不醒,要睡一百年。后来她真的睡了一百年,但是经过这一百年,她依然是那么年轻,那么美丽,因为她在等一个公爵。这个公爵真的来了,见到她非常漂亮,就吻了她,使她醒过来了。
③ 见《玩偶》,[波]普鲁斯著,张振辉译,上海译文出版社,2005年,第584页。

根金针,使得她长睡不醒。在复活节那天,如果把那块石头搬开,一个勇敢的人就可以获得那个洞里的财宝。这时来了一个年轻的铁匠,他首先要和一些鬼怪进行斗争。因为他很勇敢,战胜了鬼怪。但是当他想要拔掉这位小姐头上的那根毒针的时候,她表示抗议。她大声地喊道:"你这个人,干吗弄得我这么痛呀?"[1]铁匠这时觉得他干的一切都毫无意义。他失去了自信,感到很害怕,对自己也产生了怀疑。长睡的小姐没有醒来,这时鬼怪们看到了他的虚弱,一个鬼怪便把他毒打了一顿。他死了,他的血涌到了这个地窖的口上,染红了石头。可是这位公爵的女儿依然长睡不醒。

文盖维克的童话故事也是对沃库尔斯基的经历的许多说明中的一个。要得到一个他所爱的女人是他力所不及的,虽然他很勇敢,也有决心,而且在开始的时候抱有乐观的态度。沃库尔斯基死在他的许多没有实现的愿望的堡垒的废墟中。小说以读者意想不到的方式,以童话作为比喻来表达,和童话对话。沃库尔斯基是铁匠,伊扎贝娜是那个睡着了的公主,沃库尔斯基要唤醒公主的努力是不现实的。在童话中,看来这个胆大妄为

---

[1] 见《玩偶》,[波]普鲁斯著,张振辉译,上海译文出版社,2005年,第586页。

的人根本不是要唤醒公主,而是要找到他行进的路标。有了这个路标,他就可以到达他的目的地。只有一个伊扎贝娜,但也没有她。沃库尔斯基可能发出这样的哀叹。

类似沃库尔斯基这样的情况也曾多次出现在童话和神话故事的描写中,这肯定是因为童话和神话讲的是我们每个人的故事。照这个故事说的,我们会站在这个主人公一边。我们也知道,这个故事要说明的变故比一个患神经官能症的男人所经历的曲折还多。它以一种象征的方式,说明了要走的路,但有不同的结局。

在文学作品中,有的图画既美丽又宏伟壮观,这种图画所展示的诗意和童话的美使读者再也没有必要对它进行评论。我也不想用语言去说明那些具体的细节,因为我怕厚颜无耻地去寻找其中的意义会有损于这个故事的独特魅力。即使不知道"这一切是什么意思",它也会打动读者。

我们同样可以提到这么一种童话来作为比较:主人公去寻宝,找到了它,但他自己也曾有过曲折的经历。这里我选了《珍珠颂》这个童话,因为这里面正好说了梦和苏醒、道路和目的、坠落和高升这样一些有重要意义的比喻。类似这样的比喻,在《玩偶》中也打动了我。

《珍珠颂》是仿造产生于公元一世纪的一部《多马行传》而写的。在波兰,我们通过切斯瓦夫·米沃什漂亮的翻译才对它有所了解。虽然这里称它为颂歌,但它却是用叙事散文体写的。说的是一个英雄的故事,主人公是一个国王的儿子,他的父母是一个东方国家的统治者。他被自己的父母授命出使埃及,要在那里找到一颗被一条毒蛇守护着的珍珠。这个王子出发去找这颗珍珠后,他在各个地方都"走向了下层",逐渐改变了他出身帝王家的身份(脱下了王子的装束),也不需要随从以及和他一同前往的国王特使的陪同。他来到埃及后,就住在一个小饭馆里,在这里准备和那毒蛇见面。这个小饭馆里还住着一些"不干净的人",为了不使他们认出自己是外国人,他要向他们表示好意,因此穿上和他们一样的衣服,但他们仍认为他不是自己人,便用酒将他灌醉,还让他吃一些不干净的食物,让他睡着了。这时对他有些担心的国王和王后给他写了封信,要他别忘了这次出使的目的。这封信"成了一只雄鹰"飞到了这个英雄的身边,唤醒了他,帮他恢复了理智,叫他去夺取珍珠,现在他可以脱掉那件他至今仍穿在身上的外国的衣服。他的父母给他的这封信也是一个向导,给他指明了回家的路。他的父母好像已经看见他们的儿子获得了珍珠回来了,要给他送去一件"光荣的礼服",让这个英雄恢复他王子的真实面貌。

这个故事是按以下顺序叙说的:

一、英雄人物是一个全权代表(在他的王国里,也就是他真正的家里),但他走向了下层,来到了一个他很陌生的肮脏世界里。

二、他养成了这个世界的人的习惯(穿他们的衣服,吃他们的东西,在这里睡着了)。

三、国王的来信使他醒悟过来。

四、珍珠的获得。

五、改变了这个下等世界让他养成的习惯。

六、他又恢复了作为一个英雄人物的面貌(穿上了"光荣的礼服")。

七、胜利返回。

如果我们以图解的方式来表现神话深刻和富于创新的内涵,那我们当然也会认识得墨忒耳[①]和科瑞[②]、俄耳甫斯[③]

[①] 古希腊神话中的丰产和农业女神。
[②] 即珀尔塞福涅,古希腊神话中地狱的女统治者,司谷物生长和土地丰收的女神。
[③] 古希腊神话中的诗人与歌手。

和欧律狄刻①、伊西斯②和俄西里斯③都是神话中的什么人物。《珍珠颂》中的故事也有一些特殊的东西,如服装的更换,表现出一种特殊的拟态。

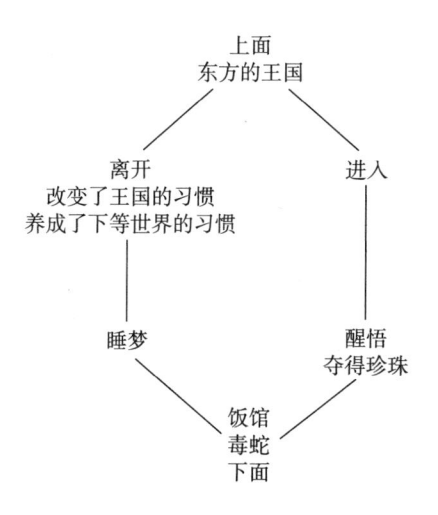

```
              上面
            东方的王国

    离开                    进入
改变了王国的习惯
养成了下等世界的习惯


    睡梦                    醒悟
                          夺得珍珠

              饭馆
              毒蛇
              下面
```

沃库尔斯基就像《珍珠颂》中的人物一样,出现在一个难以想象的东方。他自己说他落入了一个"形式的世界里",他在这里感到陌生,他想适应这个世界,遵守它的法律,穿这里的人穿的衣服,接受这个世界对他有魅力的影响。他失落了,忘了自己来到这里的目的,他错把这个世界

---

① 俄耳甫斯的妻子。
② 古埃及最重要的女神,是丰收和母性的庇护者,司生命和健康的女神。
③ 古埃及的冥界之神。

当成是女人。他要适应这个世界就得在某种意义上疏远自我,脱离自我,使自己成为另一个人,于是他的外表就出现了他最初显现的特征。首先是他看见了一个和他相貌相同的人,便模模糊糊地觉得他自己是两个相同的人,就好像在什么地方有第二个"我",这个第二个"我"在等待他,想从他那里得到什么。再者是在城市的一片混乱中,沃库尔斯基见到了两个关于变化的不很清楚的说明。然后又有盖斯特和一个声音——一封信的两个式样,一个信息的两种形式——在提醒他:你在这里是个外国人,你有别的任务。在回来时穿上自己的衣服的时候,就像是自己以前那个远离了自我的那一部分和真正的自我相遇了,这个真正的自我是属于另外一个更高级的社会中的人。

那么什么是珍珠?沃库尔斯基真正想要获得的是什么?他不再为获得伊扎贝娜而努力,是不是想要提高他的威望,享有更大的权利,获得更多的钱财?那么珍珠是什么?在《珍珠颂》中有一个很鲜明的象征,说明珍珠是藏在海底的一个动物贝壳里的珠宝,神性深藏在物质的旋涡中。那么沃库尔斯基的珍珠是什么呢?

在小说情节发展到高潮的时候,又出现了另外一个神话，这就是文盖维克讲的那个民间的童话故事，简单，但很美丽。沃库尔斯基和伊扎贝娜都把它看成是一种具有象征意义的传颂。"伊扎贝娜小姐低下头，用伞柄的尖在碎石地面上画着一些记号。沃库尔斯基也不敢望她。"①但他要表示他的意思，说出了这些很有意思的话："你会醒来吗，我的公主？""我不知道……也许。"②伊扎贝娜回答。也可能她真的会醒来，但不是因为沃库尔斯基的关系，这里可能还有另外一个童话故事。

如果我们认为，沃库尔斯基的争斗实际上是一种为了自己的争斗，要使自己脱离那个表面的和微不足道的"形式的世界"而得救；那么我们要问，什么叫作使自己得救？在斯凯尔涅维采，沃库尔斯基在梦幻中和石头谈话，好像提出了一个价值标准。能够成为一个人，就是一个良机；因为所有的生命中，只有人才有一种超越性，能够自觉地脱离苦难。若要自己拯救自己，就要发现和拯救自己内心的本质，也就是这个精神上的自己的"我"，永远的自我，使这个自我不再转入那痛苦和低级兴味的轮回。珍珠大概也可以用来比喻

---

① 见《玩偶》，［波］普鲁斯著，张振辉译，上海译文出版社，2005年，第587页。
② 见《玩偶》，［波］普鲁斯著，张振辉译，上海译文出版社，2005年，第588页。

灵魂。

　　沃库尔斯基正是为了伊扎贝娜,这个他最爱和最想要得到的人,尽了最大的努力。他在她那里拯救了他的珍珠:他自己的灵魂。因为灵魂是超越时间的,它是唯一的真正的存在的证据。没有死在火车轮下,那是他最后一次现身。有了自己死亡的感受——这是每一种发现都一定有的元素——说明了沃库尔斯基从这个时候开始,已经自由了。小说中展现的所有的事件都能够证明这么说是没有错的,这些事件对主人公来说,好像说明了一个秘密但又具体的未来——奥霍茨基、热茨基和文盖维克。悲观主义者舒曼认为沃库尔斯基死了,死在扎斯瓦夫一个城堡倒塌下来的废墟中,那里的地底下藏有宝贝。他说得有道理,因为沃库尔斯基离开《玩偶》中的这个世界说明他已经脱离了小说情节的框架,离弃了这个写在纸上的睡着了的人们的世界,到另外一个现实中去了。

　　每个人都能够成为珍珠的寻找者。如果要认识到这一点,定要善于挖掘深藏在找寻中的迷失了方向的含义,懂得这是一个认知的尝试,是在回家的路上遇到的一系列的阻碍。伊利亚德说:"这就是说,要看到痛苦、忧郁和每天都有的破坏活动的标示,以及其中深藏的意义和它们的象征。要看到它们,读到它们,即使它们不存在,也要这样。如果我们见到了这种情况的发生,就可以让它形成一个结构形式,在没有定形的物质的漂流和一些历史事实的单一的流向中看到一个对它的说明。"①

《玩偶》写的是一个人的历史,这个人见到了许多符号。这是一段认识的历史,一段忘记和找到忘记的东西的历史,是在错觉和幻想中流浪,发现了自己属于这个世界,并在其中表现了自己的异己性。

---

① 见《一个侨民的日记》,[罗马尼亚]米尔恰·伊利亚德著,亚当·扎加耶夫斯基译,1973 年,第 222 页。——原注

附 录

珍 珠 颂

切斯瓦夫·米沃什　译①

当我还是个孩子的时候,在王国,在我父亲的家里,生活富裕,美好,快乐。

但是我的父母把我送了出去,让我远远地离开了我的祖国,离开了东方,还让我在路上带了一个很大的宝物,但是背在背上并不重。

他们脱下了我身上的那件深藏着他们对我的爱的光荣的礼服,和我的那件只穿过一次的紫红色长袍。要我在心里永

---

① 波兰语原文为米沃什所译。

远记住:"你去了埃及,要把那颗在深海中被一条沉重地喘着气的毒蛇的身子包卷着的珍珠拿回来。到那个时候,你就可以重新穿上你的那件光荣的礼服和你的长袍,和你那当了总督的兄弟一同继承我们王国的统治了。"

我从东方出发,走向了下层,有两个国王的使者陪同,因为路上有危险,很难走,我还年轻,就要做这样的旅行。

我跨越了迈山的境界,那里是东方商人的栖息地,然后我又来到了巴比伦国,进了沙尔布格城①的城门,从这里往下,来到了埃及,我的同伴和我告别了。然后我直接奔赴了那条毒蛇所在的地方,住在它近旁的一个小饭馆里,等这条毒蛇睡着了,我就可以拿走它身上的那颗珍珠。

当时有很多人在这个小饭馆里玩耍,我独自一个,在他们中是一个外国人,但是我见到了一个和我同族的人。他是一个很漂亮和招人喜爱的年轻人,也是一个国王的儿子。他这时和我取得了联系,我便告诉他为什么我要到这里来。他要我对这些埃及人和那些不干净的人保持警惕。但我还是穿了他们的衣服,为了不使他们对我产生怀疑,认为我是从别的地

---

① 古巴比伦王国的一座城市。

方来这里寻找珍珠的。当然我也不想让他们唤醒那条毒蛇来攻击我。

但他们还是认出了我不是他们的人。他们对我虽然表面上表示客气,但很狡猾地骗我喝他们的饮料,尝他们做的肉食,这使得我连自己是国王的儿子都忘了。我为他们的国王服务,忘了父母派我到这里来是为了找珍珠。在他们的食品的重压下,我倒下了,陷入了深深的昏睡之中。

后来我的父母知道了我的情况,很为我担心,于是就向整个王国发出通知,让所有的人都来到我们的王宫的大门前。众王、安息帝国①的公爵们,还有东方所有的大人物都来聚集在这里,商讨如何让我不再留在埃及。他们还写了下面这封信给我,每个大人物都在信上签了自己的名字:

"你的父亲:众王之王,你的母亲:东方的统治者,你的兄弟:我们的总督,向你,我们在埃及的儿子问好!你要醒来,从睡梦中站起来,要懂得我们在信中说的话!要记住,你是一个国王的儿子。要注意,你已经被奴役,在做你不该做的事。你别忘了珍珠,你就是为了它到埃及去的。你要想

---

① 即帕提亚帝国(公元前247—前224),古代亚洲西部伊朗地区一个奴隶制的帝国。

想你那光荣的礼服,记住你的那件上好的长袍。你若把它们都穿在身上,用它们来把你装饰,你的名字就会写在英雄们的书上,你就会和你的兄弟,也就是我们的总督一起,继承王国的统治。"

这封由国王亲自封上的信就像国王派来的一个特使,它要和那些罪恶的势力、巴别的子孙们①,还有沙尔布格的残暴的恶魔进行斗争。它成了一只雄鹰,一个鸟中之王飞上了天空,又飞到了我这里,把这些话讲给我听。

它的话声唤醒了我,我从睡梦醒来后站立起来,把这封信拿过来,吻它,把它打开,便开始读起来。信上的话记在我心里了。我对自己说,我是国王的儿子,我的心灵生来就是自由的。我想到了自己,想到了我是为了珍珠才被派到埃及来的。

我对那条可怕的但现在连呼吸都很困难的毒蛇施了魔

---

① 据《圣经·旧约·创世记》第十一章记载,洪水之后,挪亚的后代在示拿的一片平原上要建一座城和一座塔,"'塔顶通天,为要传扬我们的名,免得我们分散在全地上。'耶和华降临,要看看世人所建造的城和塔。耶和华说:'看哪,他们成为一样的人民,都是一样的言语,如今既作起这事来,以后他们所要作的事就没有不成就的了。我们下去,在那里变乱他们的口音,使他们的言语彼此不通。'于是耶和华使他们从那里分散在全地上。他们就停工不造那城了。因为耶和华在那里变乱天下人的言语,使众人分散在全地上,所以那城名叫巴别。"这本书的作者把国王的那封信比作上帝耶和华。

术,让它睡着了,然后对它说出了我的父亲、我们的总督和我的母亲——东方的王后的名字。

我拿走了它身上的珍珠,踏上了我的归途,要回到我父亲的家里去。因此我脱下了我身上的那些肮脏的和令人厌恶的衣裳,把它们都扔在他们的国度里。我这么做,是要马上见到我的祖国、东方的阳光。

这封飞到我这里来的信让我醒悟了,就像它之前以它的话声唤醒了我一样,现在它又以它的光照亮了我的两只眼睛,以它的话声消除了我的害怕,以它的爱打动了我。

我的父母让我们信得过的那些财务官把我以前穿过的那件光荣的礼服和他们以前也给我穿上了的那件紫红色的长袍都寄给了我,要让我在和他们见面的时候把它们穿上。

当我又看见了那件礼服的时候,我突然觉得它很像镜子里的我,我看见我穿上了它,它就在我的身上,我和它有过分开的时候,但我和它是一样的。

那个众王之王的图像显现在它的上面,它变了,成了一个猜不透的秘密。

我知道,这个秘密在对我说话,我在路上还听到了它的歌声。

它说:"是我指引了他的行动,指引了他。为了他,我在他父亲的朝廷里出现。我对自己有了认识,作为他的一个行动我也越来越重要了。"

它的行动应当受到尊重,它到这里来了,很快就过来了,希望我把它拿过来。我出于对它的爱,就跑到它那里,要把它拿过来。

我伸出了手,把它拿过来后,穿在身上就显现了它美丽的色彩,我用这件王国的礼服把自己的全身都包起来了。

我是这样走进了王宫的大门,受到了人们的欢迎和赞美。

我低下了头,对我父亲的伟大表示敬仰,他把光明送给了我,我执行了他的命令,完成了他的嘱托。

他很高兴地接待了我,我和他一起在他的王国里。这里所有的臣仆都用乐声赞美他,因为他嘱托了我,我来到众王之王的王宫里,把那颗珍珠拿回来了,我和它一起露面了。

诺贝尔文学奖授奖辞

尊敬的国王和王后陛下,尊敬的各位殿下,尊敬的诺贝尔奖得主们,女士们,先生们:

波兰文学在欧洲上空熠熠生辉——数次荣膺诺贝尔奖,如今,又出现了一位享誉全球、博识非凡、诗情与幽默并蓄的诗人。作为欧洲大陆的交会地——或许是心脏地带——波兰向奥尔加·托卡尔丘克展现了屡遭列强凌辱的受难历史,同时也暴露了自身的殖民主义和排犹主义历史。面对难以接受的真相,她没有退却,哪怕受到死亡的威胁。

她运用观照现实的新方法,糅合精深的写实与瞬间的虚幻,观察入微又纵情于神话,成为我们这个时代最具独创性的散文作家之一。她是位速写大师,捕捉那些在逃避日常生活的人。她写他人所不能写:世间那痛彻人心的陌生感。《云游》笔法变化多端,精彩地描写了人们来往中转大厅和宾馆的经历、与素昧平生者的相逢,还有大量来自字典、神话和文献的元素。她围绕着自然文化、理性疯狂、男人女人的两极旋转,像短跑运动员一样跃过社会和文化虚构起来的边界。

她的文风——激荡且富有思想——流溢于其大约十五部的作品中。她笔下的村落是宇宙的中心,在那里,主人公独特的命运交织于寓言和神话的图景中。我们在他人的故事中生生死死,举例说,卡廷既是生养不息的森林,也是惨绝人寰的屠场。

"我写作是将意象诠释成文字。"从这些意象里衍生出毁灭性的历史和世俗的经历片段,构成了她的伟大作品《雅各布之书》,使其成为一部流浪汉小说以及展现1752年前后动荡时期的全景式作品。

这部作品是不同观念的历史,也是宗教的历史,是时间和玄学、迷信和疯狂的强烈结合。作品中沙龙、祷告会和人物如此生动鲜活,仿佛托卡尔丘克刚在街上与之相遇。她极尽笔墨描写乡间庄园、修道院和犹太人家的室内装饰，衣服、园艺、菜单应有尽有。特别是，她让默默无闻的女人成为活生生的个体，让悄然无踪的仆人发出自己的声音。

宗派领袖雅各布·弗兰克是位极富魅力的神秘主义者、操纵者、骗子，也是反抗上帝的叛乱者。他挑战当前的秩序，尤其质疑女性的屈服。他率领跟随者——弗兰克派众——想要打造一个新世界。这也正是纳粹要消灭波兰的根本原因。乌托邦是取代我们历史记忆的危险诱惑。然而，我们从未见过弥赛亚，见到的只有伪造者和骗子。

这部作品中蕴含着托卡尔丘克对犹太传统的继承，透露出她对欧洲知识无国界的期望。通过十八世纪的波兰，她看到了可与后来时代的纳粹主义和其他主义类比的现象，甚至看到和当前右翼民粹主义者一样的人，用她的话来说，这些人就像儿童读物讲英雄和叛徒的故事那样说起一个国家的过去。但是，她说："没有历史，只有人的生存。"

《雅各布之书》讲述了非凡的故事。关于邪恶、上帝和未来的重大问题交织在看似平淡的描写中，托卡尔丘克运用她感性的想象力，反复打磨咖啡研磨器，使它成为时间的磨床、现实的自转轴。后来人会重识奥尔加·托卡尔丘克的千页奇迹,去发现其中我们当今尚未能全然探知的丰富宝藏。我看见阿尔弗雷德·诺贝尔在天堂友好地点头称许。

　　托卡尔丘克女士,瑞典学院向您表示祝贺。请从国王陛下手中接过您的诺贝尔文学奖。

(吕洪灵译)

温柔的讲述者

——在瑞典学院的诺贝尔文学奖受奖演讲

一

我有意识以来记住的第一张照片是我母亲的照片,那时的我还没有出生。那是张黑白照,上面的好多细节都模糊了,只剩下些灰色的形状。照片上的光很柔和,有些雨雾蒙蒙的感觉,可能是透过窗户的春日光线,在勉强可见的光亮中营造出一室宁静。妈妈坐在一台老旧的收音机旁,收音机上有个绿色的圆形开关和两个旋钮——一个用来调节音量,另一个用来搜索频道。这台收音机后来成了我的童年玩伴,我就是从那里获得了关于宇宙存在的最初认知。转动硬橡胶旋钮，就可以轻轻地拨动天线指针，找到好多个电台——华沙、伦敦、卢森堡或者巴黎。不过有时候声音会消失，就好像布拉格和纽约之间、莫斯科和马德里之间的天线掉进了黑洞。这时我就会颤抖。那时的我认为，是太阳系和其他星系在通过电台跟我说话，它们在那些吱吱啦啦的杂音中给我发来讯息，可我却不会解码。

那时，我还是个几岁的小姑娘，看着这张照片，我觉得妈妈拨动旋钮的时候就是在找我。她就像个敏感的雷达，在无穷无尽的宇宙空间里搜索，想要知道，我什么时候、从哪儿来到她的身边。从她的发型和穿着（大大的船形领）可以看出，照片是二十世纪六十年代初拍的。她微微驼着背，望向镜头之外，仿佛看到了一些看照片的人看不到的东西。那时，作为孩子的我觉得，她已超越了时间。照片上什么也没发生，拍摄的是状态而非过程。照片上的女人有点忧伤，若有所思，又有点不知所措。

后来我问起过妈妈这份忧伤——我问过好多次，就为了听到同样的答案——妈妈说，她的忧伤在于，我还没有出生，她就已经想念我了。"可是我都还没来到这个世界，你又怎想念我呢?"我问妈妈。

"那时候我就知道,你会想念你失去的人,也就是说,思念是由于失去。

"但这也可能反过来。"妈妈说,"如果你想念某人,说明他已经来了。"

这些发生在二十世纪六十年代末波兰西部乡村的简短对话,我的妈妈和她的小女儿的对话,永远地印刻在了我的记忆中,给予我一生的力量。它使我的存在超越了凡俗的物质世界,超越了偶然,超越了因果联系,超越了概率定律。它让我的存在超越时间的限制,流连于甜蜜的永恒之中。通过孩童的感官我明白,这世上存在着比我想象的更多的"我"。甚至于,如果我说"我不存在",这句话里的第一个词也是"我在"——这世界上最重要,也是最奇怪的词语。

就这样,一个不信教的年轻女人,我的妈妈,给了我曾经被称为"灵魂"的东西——这世上最伟大的、温柔的讲述者。

二

世界是一张大布,我们每天将讯息、谈话、电影、书籍、奇闻、逸事放在一架架织布机上,编织到这张布里。现如今,这些织布机的工作范围十分广阔——互联网的普及让我们每个人都可以参与到这个过程中去,无论工作态度是否认真,对这份工作是爱还是恨,为善还是恶,为生还是死。当这个故事发生了改变,这个世界也随之改变。就此意义而言,世界是由言语组成的。

我们如何思考世界,以及也许更为重要的,我们如何讲述世界——有着巨大的意义。如果没有人讲述发生的事,那么这件事情就会消失、消亡。关于这一点,不仅历史学家清楚,而且(或许首先)所有的政治家和独裁者都清楚。有故事的人、写故事的人,统治着这个世界。

我们认为,今天的问题在于,我们不仅不会讲述未来,甚至不会讲述当今世界飞速变化着的每一个"现在"。我们语言匮乏,缺乏观点、比喻、神话和新的童话。我们见证着那些不合时宜的、老旧的叙述方式在如何试图进入未来世界,也许人们会认为,老的总比没有来得强,或者用这种方式应对自己视野的局限。一言以蔽之,我们缺乏讲述世界的崭新方式。

我们生活在一个多主角的第一人称叙述的现实之中,身边充斥着四面八方的杂音。我说的"第一人称",指的是一种叙事方式，创作者或多或少地只写自己，将故事置于一个以"我"为中心的狭小范围之中。我们把这种个人化的视角、这个"我"当作是最自然、最人性化、最真实的表达，哪怕这种表达放弃了更为宽广的视域。以这样的第一人称来讲故事，就好像在编织一种与众不同的花纹，独具一格。在这个时候我们觉得自己是独立自主的，对自己和自己的命运都无比清醒。但这也是在把"我"同"世界"对立起来，这种对立使得"我"被周遭世界边缘化。

我想，第一人称叙事是一种颇具特色的叙事方法，反映了个体成为世界的主观中心这一现代观念。很大程度上，西方文明建立于对"我"这个现实最重要的维度之一的发现。人在这里是主角，而人的观点被认为是最重要的。用第一人称写作故事是人类文明的最重要发现之一，充满仪式感，令人信服。我们以"我"的眼光看世界，以"我"之名听世界，这样的叙事在读者和讲述者之间建立起联系，把讲述者放置在了一个独特的位置之上。

但是我们也不能过度评价第一人称叙事为文学和人类文明做出的贡献。以前的叙事将世界描述为一个英雄和神灵活动的场所，对此我们毫无影响力。而第一人称叙事讲述普通如我们的人的故事。此外，我们这样的人之间很容易相互认同，因此在故事的讲述者与读者或听众之间，便产生了基于共情的情感共识。第一人称叙事很容易拉近作为讲述者的"我"和读者的"我"之间的距离，而小说更寄希望于消除这种距离，让读者因为共情在某一段时间里成为讲述者。文学成了交换经验的园地，一个像罗马广场一样的地方，每个人都可以表达观点，或是让第二个"我"替我发声。人类历史上恐怕从未有过这么多人同时写作和讲述。这一点我们只要看看统计数据就够了。

每次去参观书展，我都能看到很多以第一人称写作的书。表达的本能——也许和其他构建着我们生活的本能一样强大——最完整地出现在了艺术之中。我们希望被关注，希望自己是独一无二的。"我告诉你我的故事""我告诉你我家的故事"，抑或"我告诉你，我去过哪儿"，这样的讲述方式在今天是最流行的文学形式。人们之所以热衷于这种叙述方式，还在于今天我们每个人都会书写，很多人掌握了"写作"这个曾经只是少数人用语言和故事表达自己的技能。矛盾之处在于，这看起来如同一个由众多演唱者组成的合唱团，彼此的歌声相互遮盖，大家争着求关注，做同样的动作，走类似的路，最后相互遮蔽。尽管我们知道他们的一切,对他们的经历感同身受。然而读者的体验却常常出人意料地不完整和令人失望,因为作者"我"的表达并不能保证尽显文字的普遍性。我们缺少的似乎是故事的隐喻维度。隐喻小说的主人公是他自己,一个生活在一定的历史或地理条件下的人,同时又远远超出了这个特定的范围,变成了无处不在的人。当读者阅读小说中描写的某个人的故事时,他可以认同这个人的命运,并将他的处境视为自己的处境。在隐喻小说中,读者必须完全放弃自己的个性,并成为这个人。这是一个对人的心理要求很高的过程。在这个过程中,隐喻小说找到了各种命运的共同点,使我们的体验普遍化。遗憾的是,当今的文学缺乏这种隐喻性,这恰恰证明了我们的无能为力。

许是为了不被湮没在题目和名字里,我们开始将如利维坦般庞大的文学划分为不同的体裁,就像我们区分体育项目一样,而作家们则是不同项目的运动员。

文学市场的商业化把文学分成了不同的门类,培育出了热爱侦探故事、奇幻文学、科幻小说的读者群体,由此产生了各种各样内容完全独立的书展、文学节。这种局面原本是为了方便书店店员和图书管理员有条不紊地摆放书架上的大量图书,便于读者从浩如烟海的书籍中找到自己感兴趣的作品,现在这却成了一种抽象的分类法。不仅现有的图书被人为地划分,作家也开始按照这种分类法写作。作品的类型化越来越像制作蛋糕的模具,产出的都是类似的产品。它们的可预见性为人称道,即使缺乏新意也被当作成功。读者知道他会读到什么,也的确会读到他想读的东西。我在潜意识里就反对这样的秩序,因为它限制了写作的自由,抑制了实验性的、打破常规的念头,而这些才是创作的本质。这种秩序还将离经叛道赶出了创作过程,但是一旦没有了离经叛道,就没有了艺术。一本好书,不是必须要与某种体裁相符合。对文学作品进行分类是文学商业化的后果,是将文学当成品牌、目标等当代资本主义市场化运作产物的结果。

应该感到满意的是,我们见证了系列电影这种新的讲述方式的诞生,它的隐藏任务就是将我们带入忘我之境。诚然,这种叙事方式早已存在于神话和荷马史诗当中,赫拉克勒斯、阿喀琉斯和奥德修斯毫无疑问就是最早的系列剧的主角。只是在以前,这种模式从未有过如此广大的空间,也未对集体想象产生过如此重要的影响。二十一世纪的前二十年是属于这种模式的。它对我们讲述世界、理解世界的方式产生了革命性的影响。

今天,系列故事不仅通过生发各种节奏、分支和角度,延长了叙事的时间轴,还构建了新的秩序。很多时候,系列故事的任务就是尽可能长时间地粘住读者——系列叙事会不断增加线索,把这些线索以一种不可思议的方式交织在一起,在陷入迷局之时又回归到古老的叙事方式,就好像古希腊歌剧中的"天降神兵"。设计接下来的剧集的时候,往往为了同正在发生的事件相符,需要临时改变人物的整个心理状态。一开始温和、冷淡的人物,最后会变得满心仇恨、性情暴戾,配角会成为主角,而我们密切关注的主角却不再重要或者干脆令人无比惊愕地消失了。

总是会有下一季,于是故事结局必须得是开放式的,读者永远没机会感受到神秘主义的"卡塔西斯"①,无法体会内心变化、自我实现和参与小说情节所带来的满足感。复杂的、无尽的,"卡塔西斯"式的情绪"净化"所能带来的满足感不断被延迟,这样的观感令人上瘾和痴迷。这种"寓言连载"的方法很早以前在《天方夜谭》里就被使用过,现在又回到了系列作

---

① 宗教术语,意为"净化"或"净化说"。

品的叙事之中,改变了我们的敏感度,带来了奇怪的心理反应,使我们脱离了自己的生活,痴迷于"追剧"带来的兴奋感。同时,系列作品进入了崭新广阔而又混乱的世界节奏之中,成为这个世界混乱的交流、不稳定性和流动性的一部分。这种叙事方式可能正在最具创造性地寻找今天新的艺术公式。从这个意义上讲,系列作品正在认真研究未来的叙事,使故事适应新的现实。

然而最重要的是,我们生活在一个信息相互冲突、排斥、针锋相对的世界之中。

我们的祖先认为,知识不仅会给人带来幸福、繁荣、健康和财富,而且会创造一个平等和公正的社会。他们认为世界缺乏的是知识带来的普遍智慧。十七世纪一位伟大的教育家扬·阿莫斯·考门斯基①创造了"泛智主义"这个概念,表示可能获得的全知和普遍知识,这种知识包括所有可能的认知。最重要的是,这也是有关每个人都能获得知识的梦想。获取有关世界的信息是否会让大字不识的农民变成一个有意识地反思自己和世界的人?唾手可得的知识是否会使人们理智而

---

① 扬·阿莫斯·考门斯基(1592—1670),捷克教育家、哲学家和文学家,一生有二百余种著述,主要文学作品有《世界的迷宫和心灵的天国》等。

富有智慧地生活？互联网的产生令我们觉得，这些想法似乎终于可以完全实现。我很赞同并且支持的维基百科在考门斯基以及很多同一流派的思想家看来，似乎就意味着人类梦想的实现——我们几乎在世界的任何地方创造并获取不断被补充、更新和可用的大量知识。

但是梦想成真常常使我们失望。我们发现自己无法承受如此巨大的信息量，它们并未经历从总结、概括、释放到区别、分割和封闭的过程，而是创造了许多彼此不相容甚至敌对的、令人反感的故事。

此外，互联网不假思索地遵从市场进程的影响，替垄断玩家控制着庞大的数据量。这些数据并未被广泛用于知识的获取，而是为研究用户行为的程序服务，剑桥分析公司（Cambridge Analytica）[①]丑闻就充分说明了这一点。

与期盼之中的世界和谐相反，我们听到的多是刺耳之声。我们在难以忍受的杂音中拼命寻找那些最柔和的旋律，甚至是最微弱的节奏。莎士比亚的名言比以往任何时候都更符合

[①] 英国一家大数据分析公司。2018年3月17日，《纽约时报》和《观察家报》等一齐爆出消息，该公司曾效力于特朗普总统竞选，并将大量用户隐私用于影响大选。这一丑闻使得该公司声名狼藉。

这种尖锐的现实：互联网如痴人说梦，充满着喧哗与骚动。

政治学家的研究却与扬·阿莫斯·考门斯基的直觉背道而驰。考门斯基认为，政治家对世界的了解越广泛，就越会理性地做出审慎的决定。但是看起来事情并不是这么简单。知识可能是压倒性的，但它的复杂性和模糊性塑造出了各种各样的防御机制——从否认、压制逃脱到简化的、意识形态化的、党派化的思考原则。

假新闻和捏造事实等种类的文字提出了一个新的问题——什么是虚构。多次被欺骗、误导的读者正在慢慢获得一种特殊的、神经质的敏感特质。非虚构小说的巨大成功可能正是人们对这种虚构文学产生的疲劳反应。在今天如此巨大的信息混沌之中，非虚构文学在我们的头顶呐喊："我来告诉你们真相，只有真相。""我的故事源于事实！"

谎言成了大规模杀伤性武器，虚构小说因此失去了读者的信任，即使它仍然是一种原始的艺术工具。我经常遇到质疑我作品真实性的问题："您写的都是真的吗？"每当这个时候我都会觉得，这个问题本身就预示着文学的终结。

从读者的角度来看，这是一个无辜的问题，但作家听起来确实很可怕。我又该如何回答？我该怎么解释汉斯·卡斯托普①、安娜·卡列尼娜或维尼熊的本体论地位呢？

我认为读者的这种好奇心是文明的退化。它损害了我们多维度（具体的、历史的、象征的、神话的）地参与由一系列事件构成的生活的能力，参与被称为"生活"的事件链的能力。生活是由事件创造的，但只有当我们能够解读它们，尝试理解并赋予它们意义时，它们才会成为经验。事件是一种事实，经验却是一种难以言表的其他东西。是经验，而非事件，构成了我们生活的素材。经验是一种被解读并留存在记忆中的事实。它还意指我们心中的某种基础的、有意义的深层结构，我们可以在这种结构的基础上，扩展自己的生活并对此仔细研究。我相信，神话就发挥着这样的结构性作用。众所周知，神话从未发生过，但它总在发生着。今天，神话不仅存在于古代英雄的历险记中，还体现在现代的电影、游戏和文学作品之中。奥林匹斯山众神的生活被移至王朝之中，而主角们的英雄事迹则由劳拉·克劳馥②演绎。

在真假的尖锐对立之中，由文学创作讲述的我们经验的

---

① 托马斯·曼长篇小说《魔山》中的主人公。
② 著名动作冒险类电子游戏《古墓丽影》系列及相关电影、漫画、小说中的人物。

故事,具有其自身维度。我从不热衷于对虚构和非虚构进行简单划分,除非我们认为这种划分是口号性的。在浩如烟海的关于虚构小说的众多定义中,我最喜欢的是最古老的、亚里士多德的定义:虚构总是某种事实。

我也非常信服作家、散文家爱德华·摩根·福斯特对故事和情节的区分。他曾经写道,当我们说"丈夫死了,然后妻子死了"时,这是一种故事。当我们说"丈夫死了,然后妻子伤心而亡"时,这就是情节。每种情节化的处理都是我们从"接下来发生了什么"这个问题过渡到试图根据人类经验来理解"为什么会这样"。

文学开始于"为什么",即使我们习惯于不停地用"我不知道"回答这个问题。

因此,文学提出了维基百科无法回答的问题,因为它不仅限于事实和事件,还直接涉及我们的经验。

但是,在其他叙事方式面前,小说和文学可能已经整体上变得相当边缘化了。影像、电影、摄影、虚拟现实和增强现实体验等新型直接传播体验的媒介,将成为可以替代传统阅读的一系列重要形式。阅读是一个非常复杂的心理感知过程。简单地说,首先,将最难以捉摸的内容概念化和口头化,转换为文字和符号,然后从语言"解码"回到经验。这需要一定的智能。最重要的是,它要求我们的关注和专注,而在当今这个注意力极度分散的世界中,这项技能变得越来越罕见。

在传递和分享自己的经验方面,人类走过了很长的路。起初人们依赖鲜活的文字和人类记忆进行口头表达,到古腾堡革命①时,故事通过写作广泛传播并得以编纂和永久保存。这一变化的最大成就在于,我们开始通过写作来认识思维,思想、类别或符号成为这一过程中的特定方式。如今,当无须借助印刷文字就可以直接传递经验的时候,我们明显面临着一场同样重大的革命。

当我们可以拍照并将这些照片上传到社交网站,或者发送给这世界上的每一个人的时候,我们就没有写旅行日记的需要了。当打电话变得容易,我们就不再写信了。如果能看电视连续剧,为什么还要读大部头的小说呢?与其出去和朋友玩耍,不如自己玩游戏。看某人的自传?没意义,因为我在"照片墙"(Instagram)上关注名人的生活,而且了解他们

---

① 指德国发明家约翰·古腾堡(1398—1468)发明的活字印刷术导致的媒体革命。

的一切。

二十世纪的我们还在担心电影电视的影响,而今天图像已非大敌。这已完全是另外一个维度的经验在直接影响着我们的感官。

三

关于世界的讲述正面临着危机,我不想对此勾勒任何整体看法。但我常常感到,这世界缺点什么东西。我们透过屏幕、通过应用程序感知世界,尽管获得每个具体信息都不可思议地便利,但这个过程变得虚幻、遥远、双重维度、难以描述。如今,人们爱用"某人""某物""某处""某时"这样的表述,这其实比我们绝对肯定地讲出具体观点更危险。哪怕我们说,地球是平的,疫苗会杀人,气候变暖是胡扯,民主在很多国家并未受到威胁。"某处"淹没了某些试图穿越大海的人。"某段时间"以来,"某场"战争在"某处"发生着。在信息的洪流中,个别化的消息失去原本的轮廓,消失在我们的记忆中,变得不再真实。

泛滥成灾的暴力、愚蠢、残酷和仇恨被各种"好消息"中和，但它们无法掩盖一种难以形容的感觉：这个世界出了问题。这种感觉曾经只属于神经质的诗人，如今却已成为人群中普遍存在的一种不确定性和焦虑感。

文学是为数不多的使我们关注世界具体情形的领域之一，因为从本质上讲，它始终是"心理的"。它重视人物的内在关系和动机，揭示其他人以任何其他方式都无法获得的经历，激发读者对其行为的心理学解读。只有文学才能使我们深入探知另一个人的生活，理解他的观点，分享他的感受，体验他的命运。

讲述总是要围绕着意义进行。即使讲述没有明确地表达意义，甚至有些时候程式化地逃避对意义的探求而专注于形式和实验，有时候会进行形式上的反叛并寻找新的表达方式。哪怕当我们阅读那些最行为主义的、词句简洁的故事，我们也不能不问："为什么会这样？""这是什么意思？""这有什么意义？""这会带来什么后果？"我们的思想可能会演变成一个故事，仿佛环绕着我们的数百万个刺激点被赋予了意义，即使在睡觉的时候也一直在不停地继续着我们的讲述。所以，讲述就是排列组合无穷无尽的信息，建立它们与过去、现在和未来的联系，发现它们的重复性，并将它们按因果分类。在这一过程中,理智和情感同时在工作。

讲述最早的发现之一就是命运,这一点不足为奇。命运虽然让我们觉得恐惧和不人性,但它将秩序和稳定带入现实。

四

女士们,先生们,照片上的女人,我的妈妈,在我出生前就想念我的人,几年后开始给我讲童话故事。

其中一个故事是汉斯·克里斯蒂安·安徒生写的。一个被扔到垃圾箱的茶壶抱怨自己受到了人类的残酷对待——只不过是壶把掉了,人们就把它给扔了。如果人类不是如此苛刻和追求完美,它就还能派上用场。接着其他一些坏掉了的物件挨个儿讲自己的故事,一个真正的史诗故事就这么诞生了。

我小时候听这个童话的时候,脸上沾着点心渣儿,眼睛里满是泪水,那时的我深信,每个物件都有自己的问题、感情,甚至有与人类一样的社会生活。餐具柜中的盘子会相互交谈,抽屉里的刀叉是一个大家庭。动物是神秘、智慧和有自我意识的生物,精神的联系和深刻的相似性一直将我们与它们联结在一起。河流、森林、道路也有它们的存在方式——它们是有生命的,勾勒出我们生活空间的地图,为我们构建起一种归属感,一个神秘的空间。我们周遭的景观有生命,太阳、月亮和所有天体有生命。整个可见和不可见的世界都有生命。

我是从什么时候开始对此产生怀疑的?我在生活中寻找着这样的一个时刻,只需一个单击,一切就变得不同,变得更细微,更简单。世界的浅吟低唱被城市的喧嚣、计算机的杂音、凌空而过的飞机的轰鸣,以及信息海洋中那令人厌烦的白色纸片给取代了。

一段时间以来,我们在生活中开始碎片化地看待世界,一切都是独立的,彼此之间隔着星系间的距离,而我们所生活的现实更向我们证明了这一点:医生分专科治病,税收与清理我们每天上班要走的路上的积雪无关,午餐和大农场无关,新衬衫和亚洲的某个破烂工厂也没什么关联。一切都是彼此独立的,毫无联系。

为了让我们接受这种现状,有了号码、身份标签、卡片、粗糙的塑料标识,这些东西让我们不再注重整体,而只关注其中的某个部分。

世界正在消亡,而我们甚至没有注意到这一点。我们没有注意到,世界正在变成事物和事件的集合,一个死寂的空间,我们孤独地、迷茫地在这个空间里行走,被别人的决定控制,被不可理喻的命运以及历史和偶然的巨大力量禁锢。我们的灵性在消失,或者变得肤浅和仪式化。或者,我们只是成为简单力量的追随者——这些物理的、社会的、经济的力量让我们像僵尸一样。在这样的世界里,我们确实是僵尸。这就是为什么我想念那个茶壶所代表的世界。

五

我一生都对相互联系和影响的网络着迷,虽然我们常常意识不到这种联系和影响,对它们的发现纯属偶然。这就好比我在《云游》中写到的那些时间、地点和命运的惊人巧合,所有的桥段、插件、衔接和黏合。我着迷于对事实的反应和对秩序的探求。我相信,实际上,作家的思想在于合成,他们坚持收集所有碎屑信息,重新将其黏合成一个整体。

那么作家该如何写作,如何构建一个足够支撑星群般庞大世界的故事呢?

当然,我知道我们无法像过去那样,通过口口相传的神话、童话和传说讲述世界。今天的讲述必须是更加多维的、复杂的。我们对世界的了解显然更多,我们深知,看似遥不可及的事物之间有着惊人的联系。

让我们看看世界历史上的一个时刻。

这一天是 1492 年 8 月 3 日,一艘名为"圣玛丽亚"的小帆船在西班牙巴罗斯港的岸边格外显眼。帆船的掌舵人是克里斯托弗·哥伦布。阳光普照,水手在码头四周闲逛,港口工人将最后一批装着储备食物的箱子搬到船上。天气炎热,但从西部吹来的微风缓和了相互告别的家人们别离的伤感。海鸥在坡道上庄严地漫步,小心翼翼地追随着人类的行为。

我们现在穿越时光看到的这一刻,造成了后来五千六百万美洲原住民的死亡。那时这些原住民的总数接近六千万,占当时地球总人口的百分之十。欧洲人在不知不觉的情况下,带来了致命礼物——美洲原住民无法免疫的疾病和细菌。同时发生的还有残酷的奴役和杀戮。屠杀持续了很多年,造成了国家更迭。在那片曾经有豆类、玉米、土豆和西红柿生长的地方,在精心灌溉的耕地上,出现了野生植被。近六千万公顷的耕地随时间流逝变成了一片丛林。

植被生长和再生的过程吸收了大量的二氧化碳,削弱了温室效应,降低了地球的温度。

这是对欧洲小冰河时代出现的情况的一种科学解释。小冰河时代在十六世纪末造成了长期的气候变冷。

小冰河时代还改变了欧洲的经济。在接下来的几十年中,寒冷漫长的冬季、凉爽的夏天和大量降雨,降低了传统农业的生产率。西欧生产粮食自给自足的小型家庭农场效率低下,出现了饥荒,生产开始需要专业化发展。英国和荷兰受气候变冷的影响最大,农业无法成为经济的主要支柱,因此开始发展贸易和工业。暴风雨的威胁促使荷兰人抽干圩田,将湿地和浅海地区转变为陆地。鳕鱼生长的范围南移,这对斯堪的纳维亚半岛造成了灾难性的打击,对英国和荷兰却是有利的——它们开始发展为海洋和贸易大国。斯堪的纳维亚国家的降温尤为严重。同绿色格陵兰岛和冰岛的连接中断,严寒的冬季致使收成减少,造成了持续多年的饥荒和匮乏。因此,瑞典对其南边的地区垂涎三尺,开始了与波兰的战争(特别是自波罗的海成为冷海以来,军队越海而至变得容易），并参加了欧洲三十年战争。

科学家们试图更好地理解我们的现实，它是一个相互关联、紧密联系的影响网络。这不仅是著名的"蝴蝶效应"，即认为如我们所知，在某个过程中，最初的微小变化，在未来会产生巨大且不可预测的结果，而现在这里还有无数的蝴蝶及其翅膀在扇动，从而形成穿越时空的强大生命波。

在我看来，"蝴蝶效应"的发现标志着一个时代的结束。在那个时代，人们坚定不移地相信自己的能力、控制力、对世界的掌控力。"蝴蝶效应"并没有消减人类作为建造者、征服者和发明者的力量，却令我们意识到，现实比我们任何时候想象的都要复杂。而人不过是这些过程的一小部分。

越来越多的证据表明，在全球范围内存在着独具个性的，甚至有时令人惊讶的关系。

我们所有人——我们和植物、动物、物体——都沉浸在受物理定律支配的一个空间里。这个共同空间有着自己的形状，物理定律在其中雕刻出不计其数的、不断相互参照的形式。我们的心血管系统类似于江河的流域系统，叶片结构类似于人类的通信系统，星系的运动类似于洗脸池中水流动的漩涡，社会的演进类似于细菌菌落的变化。这个系统在微观和宏观尺度上都展示出了无限的相似性。我们的话语、思维和创造力不是抽象的、与世界分离的东西，而是其不断转变过程在另一个层次的延续。

六

我一直在想，今天我们是否可能找到一个新型故事的基础，这个故事是普遍的、全面的、非排他性的，植根于自然，充满情境，同时易于理解。

是否有这样一种讲述出来的故事，能够跳脱"我"自己缺乏沟通的封闭性，揭示更大范围的现实并展现相互关系？能够使我们远离那些普遍存在的、显而易见的、"毫无创见的观点"的中心，并且能够从中心以外的角度来审视非中心的问题？

我很高兴文学出色地保留了所有怪诞、幻想、挑衅、滑稽和疯狂的权利。我梦想着高屋建瓴的观点和远远超出我们预期的广阔视野。我梦想着有一种语言，能够表达最模糊的直觉。我梦想着有一种隐喻，能够超越文化的差异。我梦想着有一种流派，能够变得宽阔且具有突破性，同时又得到读者的喜爱。我还梦想着一种新型的讲述者——"第四人称讲述者"。他当然不仅是搭建某种新的语法结构,而且是有能力使作品涵盖每个角色的视角,并且超越每个角色的视野,看到更多、看得更广,以至于能够忽略时间的存在。哦,是的,这样的讲述者是可能存在的。

大家是否想过,这位出色的讲述者,在《圣经》中大喊着"太初有道"的人是谁?是谁写下了创世的故事、混乱与秩序分离的第一天?是谁追寻宇宙诞生发展的过程?谁了解上帝的思想,知道他的疑惑,坚定不移地在纸上写下"上帝承认这是好事"?那个知道上帝在想什么的人,是谁呢?

抛开所有神学上的疑问,我们可以认为,这个神秘而敏感的讲述者是神奇而独特的。这是一个观点,可以从中看到一切。看到所有这些,就是承认现有事物相互关联成一个整体的最终事实,即使我们还不知道这些关系具体是什么。看到所有这些也意味着对世界的完全不同的责任,因为很明显,每个"这里"与"那里"的姿态是相关联的,在某处做出的决定会对另一个地方产生影响,意即区分"我的"和"你的"开始引起争议。

因此,我们应该诚实地讲故事,以便在读者的脑海中激发整体感觉和将片段整合为一个模块的能力,以及从事件的微小粒子中推导出整个星群的能力。我们应该讲这样的故事,明确表明所有人和所有事物都能够沉浸在一个共同的想象之中,随着星球的每一次旋转,我们的脑海中都会产生这样的思想。

文学就具有这种力量。我们必须能够感知并不复杂的文学分类,高雅的和低俗的,流行的和小众的,我们要有能力不费吹灰之力地划分作品类型。我们应该放弃"民族文学"一词,因为我们深知文学世界是一个跟一元宇宙一样的单一世界,一个人类经验统一的共同的心理现实,在这个现实中作者和读者通过创作和解读,发挥出同样重要的作用。

也许我们应该相信碎片,因为碎片创造了能够在许多维度上以更复杂的方式描述更多事物的星群。我们的故事可以以无限的方式相互参照,故事里的主人公们会进入彼此的故事之中,建立联系。

我想,我们需要重新定义今天我们用现实主义理解的东西,需要寻找一种能够使我们越过自我边界、穿透我们看世界的镜像的概念。如今,媒体、社交网络和直接的在线关系,满足了现实的需求。摆在我们面前的不可避免的也许是一些新的超现实主义和重新被布局的观点,这些观点不惧悖论,面朝简单的因果关系逆流而上。哦,是的,我们的现实已经变成了超现实。我也确信,许多故事都需要在新的科学理论的启发下,在新的知识环境中重写。但是不断探索神话和整个人类想象似乎同样重要。回归到神话的紧凑结构中,可能会在今天这种不确定性中带来某种稳定感。我相信神话,这是我们心理的基石,不容忽视(顶多有可能我们没意识到它的影响)。

也许很快就会出现一个天才,他将构建一个完全不同的、今天的我们难以想象的叙事,所有重要内容都被囊括其中。这种讲述方式肯定会改变我们,令我们放弃旧的观念,向新的观点敞开怀抱。这些观点一直存在于此,但我们曾经对它视而不见。

托马斯·曼在《浮士德博士》中描写了一位作曲家,他提出了一种能改变人类思维的全新的音乐类型。但是曼没有具体描写这种音乐是什么样的,他只是提出,这种音乐听起来是什么感觉。也许这就是艺术家所扮演的角色——预先体验一下可能存在的艺术,然后用这种方法让它变得可以想象。而可以想象到的,就是存在的第一阶段。

七

我写小说,但并不是凭空想象。写作时,我必须感受自己内心的一切。我必须让书中所有的生物和物体、人类的和非人类的、有生命的和无生命的一切事物,穿透我的内心。每一件事、每一个人,我都必须非常认真地仔细观察,并将其个性化、人格化。

这就是温柔的作用——温柔是人格化、共情以及不断发现相似之处的艺术。

创作一个故事是一场无止境的滋养,它赋予世界微小碎片以存在感。这些碎片是人类的经验,是我们经历过的生活、我们的记忆。温柔使有关的一切个性化,使这一切发出声音、获得存在的空间和时间并表达出来。是温柔,让那个茶壶开口说话。

温柔是爱的最谦逊的形式,是没有出现在经文或福音书中的爱。没有人对这份爱发誓,也没有人提及这份爱。这份爱没有徽标或者符号,不会导致犯罪或嫉妒。

当我们小心地凝视非"我"的另一个存在时,它就会在那里出现。

温柔是自发的、无私的,远远超出共情的同理心。它是有意识的,尽管也许是有点忧郁的对命运的分享。温柔是对另一个存在的深切关注,关注它的脆弱、独特和对痛苦及时间的无所抵抗。

温柔能捕捉到我们之间的纽带、相似性和同一性。这是一种观察世界的方式,在这种方式下,世界是鲜活的,人与人之间相互关联、合作且彼此依存。

文学正是建立在对自我之外每个他者的温柔与共情之上。这是小说的基本心理机制。这种神奇的工具、最复杂的人际交流方式,使得我们的经验穿越时空,走向那些尚未出生的人。有一天他们会去阅读我们所写的内容,我们对自己和世界的讲述。

我不知道他们的生活会是怎样,他们会成为什么样的人。想到他们的时候,我常会感到羞愧和内疚。

今天,我们努力在气候和政治危机中找寻自己的位置,并试图通过拯救世界来与之抗衡。这危机并非毫无缘由。我们常常忘记,这不是什么运势抑或命运的安排,而是非常具体的经济、社会和世界观(包括宗教)的决定带来的结果。

贪婪、不尊重自然、利己主义、缺乏想象力、无休止的竞争、责任感缺失,使世界处于可以被切割、利用和破坏的境地。

所以我相信,我必须讲述这样一个世界,这个世界在我们的眼中是一个鲜活的、完整的实体,而我们在它的眼中——是一个微小而强大的组成部分。

(李怡楠译)

LALKA I PERTA
Copyright: © Olga Tokarczuk 2001
This edition arranged with OLGA TOKARCZUK c/o Rogers, Coleridge and White Ltd.
Through BIG APPLE AGENCY, LABUAN, MALAYSIA.
"The Tender Narrator"
Copyright © Nobel Foundation 2019
Simplified Chinese edition copyright:
2021 ZHEJIANG LITERATURE AND ART PUBLISHING HOUSE
All rights reserved.
本书中文简体字版版权,浙江文艺出版社独家所有。
版权合同登记号:图字:11-2020-153号
托卡尔丘克受奖演讲合同登记号:图字:11-2020-159号

图书在版编目(CIP)数据

玩偶与珍珠/(波)奥尔加·托卡尔丘克著;张振辉译.—杭州:浙江文艺出版社,2021.6
ISBN 978-7-5339-6459-7

Ⅰ.①玩… Ⅱ.①奥…②张… Ⅲ.①小说集-波兰-现代 Ⅳ.①I513.45

中国版本图书馆CIP数据核字(2021)第049607号

统　　筹	曹元勇
策划编辑	李　灿
责任编辑	李　灿　庄馨丽
营销编辑	睢静静　张赞喆
责任印制	吴春娟
装帧设计	compus·汐和

玩偶与珍珠

[波兰] 奥尔加·托卡尔丘克　著
张振辉　译

出版发行	浙江文艺出版社
地　　址	杭州市体育场路347号
邮　　编	310006
电　　话	0571-85176953(总编办)
	0571-85152727(市场部)
印　　刷	杭州富春印务有限公司
开　　本	880毫米×1230毫米　1/32
字　　数	86千字
印　　张	5.625
插　　页	1
版　　次	2021年6月第1版
印　　次	2021年6月第1次印刷
书　　号	ISBN 978-7-5339-6459-7
定　　价	42.00元

版权所有　侵权必究
(如有印装质量问题,影响阅读,请与市场部联系调换)

一本书打开一个世界

欢迎订购、合作

订购电话：0571-85153371

服务热线：0571-85152727

KEY-可以文化　　浙江文艺出版社　　天猫旗舰店

关注 KEY-可以文化、浙江文艺出版社公众号，及浙江文艺出版社天猫旗舰店，随时获取最新图书资讯，享受最优购书福利以及意想不到的作家惊喜